ASSASSINS D'AVANT

Du même auteur, chez le même éditeur

La Nuit de l'accident, 2012 (prix Anguille sous roche 2012)
L'Hexamètre de Quintilien, 2014
Ubac, 2016

Série Thierry Sauvage

Rosa mortalis, 2013
Le Massacre des faux-bourdons, 2015

www.lerouergue.com

Élisa Vix

ASSASSINS D'AVANT

roman

ROUERGUE
noir

Manuel

Au commencement, il y a ce pigeon idiot qui picore les miettes entre nos pieds avec la régularité d'un jouet mécanique. Le pas pressé du serveur provoque l'envol lourdaud du volatile. L'homme dépose les consommations sur la table grasse, déplie, d'une main osseuse, un ticket froissé.

Ses yeux las glissent sur nous.

Un couple banal.

Comme des milliers.

Je l'observe. Elle fouille dans son sac. Un de ces fourre-tout dans lesquels les femmes se débattent avec une inquiétude touchante. Avant d'en extirper, soulagées, l'objet convoité.

Son fin visage incliné ne m'offre que des accroche-cœurs bruns qui griffent ses joues. Ça me plaît, cette coiffure à la garçonne. De nos jours, toutes les femmes portent des cheveux longs. C'est comme si elle m'envoyait un signal ; attention, je suis spéciale.

Elle attend que le serveur s'éloigne avant de faire glisser, sur le faux marbre entre nos deux tasses, la photo exhumée du fourre-tout.

Docile, je me penche. L'image s'imprime sur mes rétines. J'oublie les mèches sombres, la silhouette gracile que j'ai entraînée jusqu'au café. Une brûlure se plaque sur ma nuque comme si on y déversait de l'acide.

Je comprends que je me suis trompé. Ce n'est pas le commencement. Le commencement, c'est vingt-cinq ans plus tôt.

Comme s'il s'agissait d'un plat avarié, je repousse la photo avec une grimace. Je ne connais pas ce cliché, ou ma mémoire l'a occulté. Je ne le reconnais pas.

Un drap sur la dépouille.

Mais je sais quand et où il a été pris. J'en connais chaque visage, chaque sourire, chaque coin de table.

Mon interlocutrice est perspicace, mon trouble ne lui échappe pas.

– Oui, dit-elle d'une voix douce, comme si elle parlait à un convalescent, c'est bien cette année-là.

Mes mâchoires se crispent.

Je sais que c'est la photo de cette année-là.

Une photo de groupe tout ce qu'il y a d'ordinaire.

Si ce n'est qu'on y contemple, côte à côte, la victime et son assassin.

Mon trouble reflue, fait place à une colère sourde. Cette photo, c'est ma plaie, ma blessure, de quel droit l'expose-t-elle ainsi ? Qui le lui a permis ? J'ai la désagréable impression de m'être fait baiser. Par une jolie femme, certes, mais baiser quand même.

Il n'a pas été question de ça lorsqu'elle m'a abordé quelques instants plus tôt. Je hausse le ton. Qu'est-ce que ça signifie ? Pourquoi une journaliste s'intéresse à cette photo de classe jaunie ? Et d'où la tient-elle ?

Piteuse, elle se mord les lèvres. Émotive et impressionnable. C'est une piètre menteuse. Je me demande comment je m'y suis laissé prendre.

– Je vous ai dit que je m'appelais Adèle Lemeur. C'est vrai, mais mon nom de jeune fille est Moineau.

Mon pouls manque un battement. Ma voix tremble lorsque je demande si elle est sa fille.

– Oui.

Je détaille Adèle Moineau-Lemeur. Même avec la photo sous le nez, la filiation n'a rien d'évident. La jeune femme du tirage est blonde et athlétique alors que les cheveux d'Adèle sont d'un brun profond et que, sous le manteau de drap, on devine un corps fin plus à l'aise sur un tatami de yoga que sur un cours de tennis. Une brindille… ou un roseau.

Adèle me fixe avec anxiété. Elle est désolée de m'avoir piégé, mais elle craignait que je refuse de lui parler si elle révélait son identité complète.

Le timbre de la voix, peut-être ? Mais c'est si loin.

Je me carre contre le dossier de ma chaise. Donc pas d'interview ? Pas de journaliste. Pas d'enquête sur le manque d'effectifs…

Non, elle a improvisé ce mensonge pour me parler en tête à tête. En réalité, elle est médecin.

Un ricanement sarcastique s'échappe de mes lèvres. Une toubib, manquait plus que ça ! Chercheur, précise-t-elle.

Et elle m'a trouvé… Comment s'y est-elle prise ? Simple curiosité professionnelle…

Adèle attire doucement la photo à elle et la retourne. D'une écriture appliquée, madame Moineau a retranscrit le nom des enfants de sa classe.

– « Copains d'avant » a fait le reste, explique ma belle entourloupeuse, mais, malheureusement, vous n'êtes que deux inscrits sur le site. La première personne que j'ai contactée m'a opposé une fin de non-recevoir dès qu'elle a eu connaissance de mon nom. Avec vous, j'ai changé de tactique.

Cette fois, elle dit la vérité. Je me suis inscrit récemment sur « Copains d'avant ». Lors d'une de nos interminables gardes, un collègue m'a certifié que c'était un bon plan pour revoir des filles qu'on avait croisées pendant sa scolarité. Mieux que Facebook.

Pour l'instant, je croise surtout une emmerdeuse. Une jolie emmerdeuse, mais une emmerdeuse quand même.

Qui m'a traqué, et menti.

Adèle baisse des yeux faussement contrits, s'excuse encore, mais c'est un peu de ma faute. Je n'ai pas été prudent, j'ai laissé beaucoup d'informations sur « Copains d'avant ».

Soudain, elle s'anime, sa voix se fait vibrante. Elle devait absolument me rencontrer et me parler. Je dois la comprendre : elle aimerait savoir. Il y a trop longtemps qu'elle vit avec ce mystère. Elle veut qu'on lui explique.

Je plisse les paupières.

– Comprendre quoi ?

– Pourquoi !

– Pourquoi quoi ?

– Pourquoi ma mère est morte.

On ne peut pas dire à une petite fille de cinq ans que sa mère est morte et qu'il n'y a aucune raison. Je dois me rendre compte, assène-t-elle, on ne lui a donné aucune explication. Jamais.

J'ouvre les paumes en signe d'impuissance. Parce qu'il n'y en avait pas. C'était un accident... en quelque sorte.

Sa bouche se déforme en une moue charmante, la même moue qu'elle devait avoir à cinq ans.

Moi aussi, je veux comprendre : pourquoi maintenant ? Vingt-cinq ans après ?

Adèle se renfonce dans son siège. Elle serre le col de son manteau gris contre sa gorge. Elle a tenu à s'installer en terrasse, mais elle frissonne ; le soleil d'avril ne dispense qu'une lumière froide.

Son père déménage. Elle a retrouvé cette photo dans des vieux papiers. Elle l'a longtemps examinée, et elle n'a pas compris.

– Pas compris quoi ?

– Comment on passe de cette paisible photo de classe à un meurtre.

Je serre les mâchoires, essaie de chasser le souvenir du sang. J'en ai vu d'autres depuis. Adèle pointe le cliché et fait remarquer que je suis juste à côté de sa mère.

Mes yeux se posent à nouveau sur la photo. Elle a été prise en 1989, dans la salle de classe. Les tables sont regroupées par trois, déterminant des petits îlots de six enfants. Je suis le seul debout et affiche un sourire jusqu'aux oreilles. En jean et chemise à carreaux, madame Moineau se dresse à côté de moi, une main sur mon épaule, comme si elle essayait d'empêcher le diable de sortir de sa boîte. Sans y parvenir.

Je crois qu'elle m'aimait bien.

Je l'aimais bien aussi.

En fait, je l'adorais.

– Et de l'autre côté, c'est lui, poursuit Adèle d'une voix blanche.

– On nous avait placés comme ça, j'explique, en matière d'excuse.

Ladji se tient sur le siège voisin du mien, et détourne la tête comme si, déjà, il voulait s'échapper.

Adèle veut savoir quel genre d'enfant il était.

Je hausse les épaules. Je n'ai pas de souvenir particulier.

Adèle ne désarme pas. Elle exige qu'on lui raconte. Qu'on lui rende des comptes.

Qui a failli ? Comment est-ce possible, un enfant de dix ans armé dans un établissement scolaire ?

Je baisse la tête. Je ne peux pas donner de réponse à ses questions.

– Pourquoi moi ?

– Vous êtes un témoin oculaire. Et puis, votre profession...

Ses yeux noirs me fixent, douloureux. Et c'est moi qui ai mal.

Je proteste mollement : c'était il y a vingt-cinq ans, et j'avais dix ans...

Adèle triture un emballage de sucre. Son teint a le velouté et la luminosité du lait. Et m'irradie. Son prénom ne lui va pas, elle devrait s'appeler Claire, ou Lucie.

Elle a laissé refroidir son café sans le boire. Elle demande :

– Est-ce que vous vous souvenez de ce qu'elle faisait au moment où...

J'acquiesce. Il n'est pas de semaine où un mot, une image ne fassent ressurgir dans mon esprit la scène tragique.

Elle écrivait au tableau.

Les yeux noirs s'écarquillent.

– Cela signifie qu'il lui a tiré dans le dos ?

Il y a eu le bruit épouvantable, puis la maîtresse s'est affaissée, lentement, comme au ralenti, sa main traçant un long trait vertical sur le tableau vert.

– Oui.

Adèle encaisse. Elle veut savoir si sa mère a été tuée sur le coup.

La balle est rentrée sous l'omoplate. Je vois encore la tache rouge s'ouvrir comme une corolle dans son dos.

– Oui.

Adèle lâche un soupir. C'est toujours un soulagement lorsqu'on apprend aux proches que la victime est morte sans souffrir. Il m'est arrivé plus d'une fois de mentir. Fugacement, je pense à Joaquim sur son lit d'hôpital.

Elle écrivait un poème au tableau.

Sans que j'aie à faire d'effort, les lettres rondes s'impriment dans mon cerveau.

Demain, dès l'aube, à l'heure où blanchit la campagne, je partirai...

Je connais encore le poème par cœur :

Vois-tu, je sais que tu m'attends. J'irai par la forêt, j'irai par la montagne. Je ne puis demeurer loin de toi plus longtemps.

Je marcherai les yeux fixés sur mes pensées, sans rien voir au dehors, sans entendre aucun bruit. Seul, inconnu, le dos courbé, les mains croisées. Triste...

Adèle est de plus en plus pâle. Ses lèvres dont la couleur cerise tranche comme une cicatrice encore fraîche tremblent légèrement. Devant cette femme inconnue, j'éprouve un sentiment étrange, proche de l'euphorie, comme si j'avais enfin trouvé la personne complémentaire. Celle dont les blessures épouseraient mes failles. Celle dont l'âpreté entendrait ma fureur.

Nous avons poussé sur le même terreau vicié, sur le même traumatisme fondateur.

J'ai envie de prendre la main pâle d'Adèle, de la serrer. J'achève en retenant mon bras :

Et le jour pour moi sera comme la nuit.

Rivé à ses doigts effilés, je n'ai pas vu les rigoles silencieuses creuser les joues d'Adèle. Soudain, elle cache sa figure dans ses mains, secouée de sanglots violents. Sur la minuscule terrasse, quelques personnes se retournent et me dévisagent avec réprobation. Je ne peux pas leur en vouloir, je sais exactement à quoi je ressemble avec ma barbe de trois jours et mon blouson de cuir. Alors, cette femme en larmes, c'est forcément de ma faute... Si ça continue, je vais devoir sortir ma carte pour éviter un esclandre.

Je me lève, jette de la monnaie sur la table. J'attrape Adèle par le coude et l'entraîne dans la rue d'Odessa. Nous traversons la place encombrée d'autos, puis, délaissant l'animée rue de la Gaîté, je nous fais bifurquer dans le boulevard Edgard-Quinet.

Le bruit de la circulation décroît. Les hoquets d'Adèle refluent. Au-dessus de nos têtes, les feuilles neuves des acacias bordant les contre-allées bruissent. Nous longeons le cimetière. Nos pas s'accordent comme si nous marchions ensemble depuis cent ans. Dans le creux de ma paume, le bras d'Adèle, qu'elle n'a pas retiré, est léger comme un oisillon.

Derrière nous, planant comme un étrange totem, la tour Montparnasse érige ses 209 mètres.

130 000 tonnes d'acier, de verre et d'amiante sur nos épaules.

Boulevard Raspail, Adèle s'adosse à la rambarde du métro. Ironie du sort, le coin est réservé aux fleuristes et aux magasins de pompes funèbres. Elle fouille dans son sac pour en extraire un Kleenex.

Elle est désolée d'avoir été ridicule, mais ce poème est tellement triste.

Elle s'essuie les yeux. Un anneau en or brille à son annulaire gauche. C'est un peu compliqué pour elle, en ce moment, s'excuse-t-elle. Son père a vendu la maison de son enfance.

– Cela fait ressurgir les choses, vous comprenez ?

J'opine du chef, mais je ne l'écoute pas vraiment. Je suis en train de me dire : cette femme a des yeux de biche. Et de me moquer de la banalité de ma réflexion. Pourtant, c'est vrai, les yeux bruns d'Adèle, ces cils recourbés, sont ceux d'une biche. Une biche aux abois.

Une biche qui a besoin de mon aide, susurre-t-elle de ses lèvres si rouges. Elle répète, elle veut comprendre et je suis le seul à pouvoir l'aider.

Adèle marque une pause dans l'attente d'un consentement qui ne vient pas. Elle se lance quand même : pour commencer, elle voudrait les PV d'audition des enfants.

J'émets un sifflement ironique. Une vingtaine de PV, vieux de vingt-cinq ans ! Rien que ça ?

Les yeux de biche pas si fragile ne cillent pas. Celui du directeur aussi… S'il vous plaît.

Je dis oui. Pour la revoir. Pour mon malheur.

Elle me dicte son numéro de portable et s'engouffre dans la bouche de métro. Ses boucles brunes s'évanouissent derrière la porte vitrée sale.

En remontant le boulevard, les poings dans les poches, j'ai le cœur à la fois léger et lourd ; je viens de tomber amoureux de la seule femme que je n'ai pas le droit d'aimer.

Adèle

Une enveloppe en papier Kraft m'attend dans la boîte avec deux ou trois factures. J'en palpe le contenu, assez épais. C'est sans doute l'exemplaire du *Parisien* que j'ai commandé. Une excitation enfantine me gagne. Avec vivacité, je tire la porte de l'ascenseur. Mon enquête avance. Vite.

Je lance l'enveloppe sur la table du salon. Par-dessus, je pose la photo. Les premiers éléments de mon dossier, de ma quête de la vérité et, au de-là, de ma liberté. J'en ai la certitude, les révélations sur la mort de ma mère seront pour moi comme une libération. Une deuxième naissance. Je consulte l'horloge du lecteur DVD ; bien, Emeric ne sera pas là avant une bonne heure, cela me laisse tout le temps.

Une tasse de thé fumante à la main, je prends place sur une chaise. Je suis assez contente de mon après-midi. Ce Manuel Ferreira a l'air de quelqu'un de fiable. Sur le cliché aux couleurs passées, je contemple encore une fois sa bouille de garçonnet effronté. Ma mère le tient par l'épaule, comme pour l'empêcher de s'échapper, de galoper vers la cour après je-ne-sais-quel ballon. Il porte un pull beige tricoté main. Son regard pétille sous ses cheveux en bataille. Un farfadet un rien rondouillard, bien différent de l'homme que j'ai rencontré, affûté par les séances de course à pied ou de musculation, les yeux froids comme des couteaux.

Autour des trois tables réunies, il y a, outre Ladji Keita, Manuel, deux fillettes blondes qui se ressemblent un peu, Juliette Cornu et Anaïs Pasquier, et de l'autre côté, Alexis Bref et Mehdi Chouarri.

Si les tables avaient la même disposition le jour de l'assassinat, et c'est probable, cela fait de ces cinq enfants des témoins capitaux.

J'examine ma mère. Grande et fière. Une Jeanne d'Arc de la République. Je ne lui ressemble en rien. Je tiens de mon père, fine et noiraude.

D'elle, j'ai peu de souvenirs, et, par-delà sa perte, c'est ma blessure incurable : qu'on me l'ait enlevée avant que j'aie pu me forger mes souvenirs. On m'a volé mon enfance, on m'a volé la douceur d'un foyer uni, on m'a volé une mère aimante, jusque dans ma mémoire.

Il y a bien quelques anecdotes, mais je ne sais jamais s'il s'agit de véritables souvenirs ou de saynètes que j'aurais, à l'usure, extorquées à mon père.

Je peux imaginer ma mère, le soir, me racontant une histoire, assise sur mon lit, ses cheveux blonds dégoulinant sur sa figure, et c'est sans doute arrivé, mais cette image reconstituée dans mon esprit est une projection mentale, mon cinéma spécial, ça n'a rien à voir avec le souvenir, comme je me rappelle par exemple le visage inquiet de mon père au réveil de mon opération en urgence de l'appendicite à onze ans, et ses premiers mots « Ne me refais jamais une telle peur, Adèle, ma fille. »

Je me recentre sur la photo. Dans la salle de classe, quelques rangs derrière ma mère, un garçon maigre aux cheveux en brosse : Bruno Verotti. Les mains croisées sur son petit bureau, il fixe l'objectif d'un air farouche. Bruno et Manuel sont les deux seuls enfants du

CM2B de l'école élémentaire Jacques-Prévert inscrits sur « Copains d'avant ». Bruno Verotti indique résider à Nîmes. La semaine dernière, je le contacte par courriel en me présentant comme la fille de madame Moineau. Il me rembarre poliment, mais fermement.

Sur le site, Manuel, quant à lui, dévoile son adresse mail, mais aussi son lieu d'habitation, le XIVe arrondissement, et qu'il travaille à « Police nationale ». C'est ma dernière chance.

Partant de l'hypothèse hasardeuse qu'il bosse dans le même quartier, je me présente tout à l'heure au commissariat du XIVe, m'enquérant de Manuel Ferreira. Par chance, il est sur place. On part le chercher.

Dans le hall inhospitalier, j'attends, le souffle court, le cœur battant la chamade. Je vais rencontrer une des dernières personnes à avoir vu ma mère vivante. Si c'est bien lui. Il est fort possible qu'il y ait plus d'un Manuel Ferreira dans la police. La photo de « Copains d'avant » n'est pas très nette ; on y voit un homme brun à cheval sur un VTT.

C'est lui.

Mes mains deviennent moites. Et s'il refuse de me parler ? Comme Bruno Verotti. Je commence à m'embrouiller dans une histoire de journaliste qui doit interviewer un policier au sujet de ses conditions de travail. Manuel fronce les sourcils, ses collègues, comprenant qu'il ne s'agit pas d'un rendez-vous professionnel, commencent à lancer des quolibets. Avec autorité, il m'entraîne vers la sortie, vers cette terrasse de café riquiqui, en fait un bout de trottoir.

Sans sommation, je lui présente la photo de classe.

Son trouble n'est pas feint. Je peux le jurer. Vingt-cinq ans après, sa plaie bée encore. Comme la mienne.

D'une main fébrile, je déchire l'enveloppe Kraft, déplie le quotidien. *Le Parisien* du 28 mars 1989. C'est en première page, avec une photo en couleur de l'école de brique rouge. Les meurtres d'enseignants sont rares, mais déclenchent immanquablement l'horreur et l'indignation.

« On a tiré sur la maîtresse » titre *Le Parisien*.

Retardant la confrontation, je laisse mon regard divaguer vers la fenêtre, vers la mer grise des toits de Paris avec, au loin, l'île de la butte Montmartre. Les vers de Victor Hugo me reviennent en mémoire. Comme ce poème mélancolique sied à mon existence. Ma morne enfance d'orpheline, mes longues années d'étude, cette différence qui m'a toujours fait me sentir seule même lorsque je suis entourée. *Seul, inconnu, le dos courbé, les mains croisées. Triste...*

Je n'avais pas pleuré depuis des lustres. Ça fait un bien fou de chialer sur soi-même. Je crois que j'ai un peu effrayé Manuel Ferreira.

Du plat de la main, je lisse le papier journal. C'est un moment terrifiant et solennel pour moi. Je vais enfin connaître le déroulé des faits.

À l'époque, on ne me dit rien. On me cache tout. On m'épargne. *Pour mon bien*. Trop petite. Trop fragile. Trop dur à énoncer. Pendant huit jours, mon père me raconte que ma mère est en voyage. On l'enterre sans moi. Par la suite, on m'explique que maman a eu un accident, qu'elle est gravement blessée. Enfin, on m'annonce qu'elle ne reviendra pas.

Rapidement, mon père fait le vide, efface tout un pan de sa vie. Les affaires de ma mère disparaissent, les photos s'évaporent, sa famille est ostracisée. La douleur est si vive qu'il interdit même qu'on prononce le prénom de ma mère. Je suis enfermée dans une tour de silence. *Pour mon bien*.

À quatorze ans, à cause de l'indiscrétion d'une cousine à une cérémonie de mariage à laquelle mon père n'a pu se défiler, j'apprends que ma mère a été tuée dans sa classe par un élève, élève qui a également trouvé la mort. Qui est-il ? Comment a-t-il procédé ? A-t-il retourné l'arme contre lui ? Ma cousine n'en sait pas plus.

Je demande des comptes à mon père.

Je n'ai jamais rien pu lui arracher. Je ne suis pas sûre qu'il connaisse aujourd'hui les détails du drame. Le mal est fait, dit-il, à quoi bon remuer le couteau dans la plaie ?

Mon père se remarie dix-huit mois après la mort de ma mère. Comme on met un pansement sur une plaie. Exit Marie. Exit le souvenir douloureux jusqu'à l'insupportable de la douce Marie.

On peut retrouver une femme, mais une mère ne se remplace pas.

Au moment où je vais entamer ma lecture, la porte d'entrée claque. Je replie précipitamment le journal.

Emeric, vêtu de son costume gris, surgit dans le salon. Grand, blond, le teint hâlé été comme hiver, mon mari a un charme fou. Un charme aseptisé de notable provincial. Un charme de palet breton, comme aime à plaisanter mon père. On croirait presque que du beurre va couler de son nez, que des embruns vont s'échapper de ses cheveux fous.

Mais aujourd'hui, c'est la tête des mauvais jours. À vrai dire, depuis quelque temps, c'est tous les jours la tête des mauvais jours. Au début, j'ai mis ça sur le compte du stress lié à l'ouverture de son cabinet d'ophtalmologie. J'ai essayé d'être compréhensive, mais je suis lasse de ce qu'il faut bien appeler son caractère de cochon.

– Qu'est-ce que ça signifie ? attaque-t-il en se plantant devant moi.

– Quoi ?

– J'ai appelé au labo ce matin...

Je soupire. Je dois dire que j'avais prévu cette scène, mais elle s'annonce encore plus pénible que dans mon imagination.

– Ils m'ont dit que tu n'étais pas là.

Ses yeux bleus lancent des éclairs derrière leur monture dernier cri. Emeric est à peine astigmate. Il n'a pas vraiment besoin de lunettes, mais il met un point d'honneur à porter de superbes montures. Sans lunettes, il serait un peu comme un concessionnaire automobile qui roulerait à vélo, prétend-il.

– Que tu avais pris six mois de disponibilité !

Face à mon mutisme, l'agressivité de mon mari grimpe d'un cran :

– C'est vrai ?

– Oui, c'est vrai.

– Donc, c'est vrai. Et il n'y a rien qui te choque ?

Indigné, Emeric me fixe.

– Tu ne crois pas que tu aurais dû m'en parler avant ?

– Oui... mais tu n'étais pas vraiment à l'écoute ces derniers temps...

– Ça va être de ma faute en plus ! J'aimerais bien ne pas être le dernier au courant des agissements de ma femme. Je suis vraiment passé pour un imbécile auprès de ta collègue. Je peux savoir pourquoi tu as besoin de six mois de disponibilité ?

– Papa vend la maison de Bagneux, je vais toucher ma part, celle de ma mère. Ça va faire pas mal d'argent d'après Papa, de quoi voir venir six mois au moins.

Emeric hoche la tête sans conviction.

– Okay, admettons. Ça aurait sans doute été plus intelligent de placer cet argent pour acheter un appart ou quelque chose dans le genre... Mais, admettons, c'est ton fric... Mais ça, c'est la réponse à « comment tu vas vivre six mois sans bosser », pas « pourquoi tu as besoin de ces six mois de vacances » ? On peut savoir ce que tu vas faire ?

Je croise mes avant-bras sur le journal pour le dissimuler.

– Je vais souffler.

Emeric me dévisage, incrédule.

– Souffler ? Six mois sans salaire pour souffler ! Tu es tellement débordée !

Son regard bleu se voile soudain :

– Tu es malade ?

– Non. Je vais bien.

Il s'assied en face de moi, tente de se calmer. Mais ses traits ne parviennent pas à quitter leur masque grimaçant.

– Je ne crois pas que tu me dises la vérité, Adèle. À trente ans, on ne met pas sa carrière de chercheuse en stand-by six mois ! Adèle ?

Il tape du poing sur la table. Je sursaute malgré moi.

– Adèle, tu vas me dire cette foutue vérité ?

– Tu ne peux pas comprendre.

Brusquement, Emeric arrache le journal sous mes coudes. Je fais un essai vain pour le retenir. Déjà, il le déplie d'un geste sec.

– Qu'est-ce que c'est que ça ? fait-il avec stupeur.

Son teint s'assombrit au fur et à mesure qu'il découvre l'article.

– Encore cette vieille histoire !

Comment peut-il appeler le meurtre de ma mère, « cette vieille histoire » ?

Il secoue le papier.

– C'est pour ça ? C'est pour ça les six mois ?

Vivement, je récupère mon journal.

– Je dois comprendre. Enquêter.

– Comprendre quoi ? Qu'un pauvre gamin paumé a tiré sur ta mère ? J'en ai ma claque de cette vieille histoire. Okay, ta mère a été assassinée. C'était il y a vingt-cinq ans ! Maintenant, on passe à autre chose. On passe à nous. On passe à fonder une famille ! Et tes recherches ? Tu étais si enthousiaste de travailler sur la DMLA !

Sans un mot, le visage fermé, je lisse le journal froissé. Ne peut-il pas comprendre que depuis que j'ai vu cette photo de classe, que pour la première fois j'ai mis un visage sur l'assassin de ma mère, je ne peux plus travailler ? Que pour reprendre goût à mes recherches scientifiques, je dois d'abord extraire la substantifique moelle de ce mystère ? M'en gaver à m'en faire vomir ? M'y vautrer et renaître ?

N'a-t-il pas compris au bout de huit ans de vie commune que je ne suis pas comme les autres ? Que je suis comme Hugo sur la tombe de Léopoldine. *Seul, inconnu, le dos courbé, les mains croisées. Triste*… Que je ne serai jamais heureuse et n'aurai jamais d'enfant ? Est-il tellement stupide ? Soudain, le rideau se lève sur Emeric et sa bêtise crasse. Et sur le sentiment qui emplit mon cœur et qu'enfin je nomme. Le mépris. Un sourd et lancinant mépris.

– Il faut que tu saches quelque chose, Emeric, énoncé-je calmement, je n'aurai jamais d'enfant.

Ses lèvres pleines se contractent en un tic d'agacement.

– On peut savoir pourquoi ?

– C'est trop dur d'être orphelin.

Emeric ouvre les mains en signe d'incompréhension.

– Mais qu'est-ce que ça veut dire ? Quel orphelin ?

– Je suis bien placée pour le savoir. Je ne mettrai pas au monde un futur orphelin.

– C'est du grand n'importe quoi. Notre enfant ne sera pas orphelin. Tu es en bonne santé, tu ne vas pas mourir ! L'histoire n'a aucune raison de se reproduire.

Je secoue la tête et assène :

– S'il y a le moindre risque, et il y a forcément un risque, je ne le ferai pas. Je ne ferai pas un orphelin en puissance.

– Et moi ?

Je le considère avec pitié. Emeric me bassine depuis deux mois avec un soudain désir de paternité. J'imagine que ça fait partie du standing après l'appart, le cabinet et la Land Rover. Que sa mère serait si heureuse d'être grand-mère. Mais cette fois-ci, je ne céderai pas. Je n'aurai pas d'enfant, je ne perpétuerai pas l'espèce humaine.

– Tu penses à moi ?

Je pense à l'immense mépris qui enfle dans ma poitrine, qui irradie mes membres et me transforme en statue de sel. Raide, insensible et cruelle.

Tout rouge, Emeric me menace du doigt.

– Je te préviens, Adèle, je ne coulerai pas avec toi.

Lorsque la métaphore maritime lui vient, c'est que mon mari est vraiment hors de lui. Il se lève en faisant choir sa chaise et quitte le salon sans la ramasser, lui qui ne supporte pas le désordre.

J'attends quelques instants que mon pouls décélère et attire à moi *Le Parisien,* défroisse le papier rêche.

« Double drame à l'école Jacques-Prévert »

Des roses blanches ont été déposées sur les marches. L'école Jacques-Prévert est fermée jusqu'à nouvel ordre pour cause de deuil. Et par-delà, la Ville de Paris et toute la France sont endeuillées.

Ici, hier après-midi, Marie Moineau, enseignante en CM2 *et mère d'une petite fille de cinq ans, a trouvé la mort, devant ses élèves âgés de neuf à onze ans. « C'est une tragédie nationale », a déclaré Lionel Jospin, ministre de l'Éducation nationale, venu se recueillir ce matin sur les lieux du drame.*

Le 27 mars, vers 15 heures, madame Moineau est touchée d'un coup de pistolet dans sa salle de classe. « J'ai entendu une détonation, raconte Baptiste Rémond, enseignant à l'école Jacques-Prévert. J'ai cru à un gros pétard. Lorsque je suis sorti dans le couloir, pour voir, un enfant a jailli de la classe voisine en criant « On a tiré sur la maîtresse ! ». J'ai couru... et Marie était allongée devant le tableau, pleine de sang. Les enfants hurlaient, certains s'étaient cachés sous les tables. C'était l'apocalypse. Je n'oublierai jamais cette image. J'ai voulu porter assistance à Marie, mais c'était trop tard... »

Alerté, le directeur Patrick Blanco appelle les secours. En vain. Marie Moineau est décédée sur le coup. La police judiciaire dépêchée immédiatement identifie un suspect. Il s'agit de Ladji K., onze ans, élève de madame Moineau. On retrouve l'arme du crime sur sa table. Il ne nie pas les faits. Mais alors que l'enfant va être emmené jusqu'au véhicule qui doit le conduire au commissariat, il échappe à la vigilance de ses gardiens et traverse la rue en courant. « Une regrettable négligence qui sera sanctionnée » a promis Pierre Joxe, ministre de l'Intérieur.

Renversé par une moto, le jeune garçon décède quelques heures plus tard à l'hôpital Necker sans avoir repris connaissance.

Ladji K. vivait avec sa mère d'origine malienne et son frère aîné dans la cité tranquille des Primevères. « Une famille sans histoire, un petit garçon bien poli » d'après une voisine que nous avons jointe au téléphone.

Comment Ladji K. s'est-il procuré une arme ? Pourquoi a-t-il tiré sur la maîtresse... L'enquête devra le démontrer, mais en l'absence du principal protagoniste, cette horrible affaire risque de laisser de nombreuses questions en suspens et de réveiller bien des démons...

Une cellule psychologique pour accueillir les enfants, mais également le personnel de l'école, a été mise en place.

François Mitterrand, quant à lui, a fait part de sa consternation et de sa profonde tristesse.

Cela me fait une belle jambe.

Je lis l'article plusieurs fois d'affilée. La porcelaine du mug devient froide sous mes doigts. Ma mère, Ladji, les questions sans réponse... Le soir tombe sur Paris. Je lève les yeux. La ville scintille comme un champ de lucioles. L'appartement est silencieux. Machinalement, je tâte mon coude droit, celui que Manuel a serré un peu fort et qui me pique comme après une brûlure.

Je me lève, marche jusqu'à la chambre.

La porte du placard n'est pas refermée.

Emeric a emporté ses affaires.

Manuel

Je pénètre dans la chambre 108. Ma mère est là, comme chaque soir depuis six mois. 191 jours exactement. Elle lit un roman à mon frère, lui qui n'ouvrait même pas une BD. Sa tête encadrée de cheveux teints dodeline au rythme des mots, comme ces chiens en plastique à l'arrière des autos.

Lorsque j'entre, les yeux de Joaquim esquissent un mouvement dans ma direction. Je détourne le regard. Je ne m'habituerai jamais à la sonde de trachéotomie qui plonge dans le cou de mon frère comme une hydre en train de le dévorer. Les écrans clignotent. Les machines ronronnent, d'un ronron lancinant, interminable.

Mon frère ne respire pas seul, il ne mange pas : un tuyau s'introduit dans son estomac par son flanc, une aiguille est fichée dans sa veine.

Les yeux de mon frère bougent, à peine à vrai dire, la promesse d'un déplacement, et je me fais violence pour croiser son regard vide. Pourtant je sais qu'il me reconnaît. Que lorsque maman sera partie, ses iris bruns perdront cette vacuité pour se faire pure supplique, et que je ne pourrai plus le regarder en face.

Joaquim.

Enfants, adolescents, de nous deux, c'est le casse-cou, le sans peur, l'audacieux. Celui qui roule sur une roue à vélo, qui escalade trois étages pour rejoindre une fille, qui dribble comme Messi. Celui qui court plus vite, qui nage plus longtemps, qui saute plus haut. Il n'y a qu'au judo que je suis le meilleur ; il est trop impatient pour construire un combat.

Joaquim le fonceur, le téméraire, l'intrépide.

Il y a six mois, c'est celui qui conduit plus vite. Trop vite.

Mon petit frère s'est crashé à moto sur le périf. Désormais, il est emmuré vivant dans son corps mort. Il ne parle plus. Nous ne savons pas ce qu'il entend, ni ce qu'il comprend. Tout ce que je sais, c'est qu'il me reconnaît et qu'il me demande de l'aider à mourir.

À chacune de mes visites, je lis dans ses yeux l'envie d'en finir. Le désir de quitter ce corps-légume.

Je serre les poings. On n'enferme pas les innocents comme ça.

J'examine les machines. Cela semble si simple. Éteindre un bouton, débrancher une prise, neutraliser les alarmes.

Et puis assister, impuissant, à la suffocation douloureuse, la longue agonie...

La semaine dernière, une violente dispute m'oppose au chef de service. Mon frère veut mourir, je le sais. Comment puis-je le savoir puisqu'il ne communique pas ? me rétorque l'enflure. Je suis pris d'un accès de rage et l'attrape par le revers de sa blouse immaculée. Mon frère est arrivé mort aux urgences. Ce sont les médecins qui l'ont branché, c'est à eux de le débrancher. En douceur. Deux brancardiers nous séparent en vociférant. Le toubib se rajuste : ça ne se passe pas comme ça, monsieur Ferreira. Il y a une procédure à suivre. Et votre mère n'est pas prête.

Ma mère.

Ma mère lit. Sa voix, son accent chuintant s'amalgament aux ronrons de la machine. Ma mère espère. Elle qui était peu pratiquante se mue en dévote. Elle devient assidue à la messe. À chaque visite, elle place sur l'oreiller, à côté du visage inerte de son fils, un crucifix. Un fils contre un fils. Un supplice contre un autre. Avant de partir, elle range la croix dans son sac, soigneusement enveloppée dans un mouchoir.

Chaque soir, elle me semble plus petite, comme si le chagrin la faisait fondre. Laisse ce crucifix, ce bouquin auquel tu ne comprends rien. Souviens-toi plutôt, maman, comme il courait ! Comme il riait !

Mon père a eu la bonne idée de mourir d'un cancer du poumon il y a trois ans. Je revois sa clope pendue au coin de ses lèvres sèches. J'entends sa toux rauque et je suis heureux qu'elle se soit tue pour toujours.

Ma mère lit. Je m'assieds à côté d'elle. Mon esprit n'arrive pas à se concentrer sur sa prose, il divague. Je pense à Adèle, sa beauté fragile, à l'anneau qui brille à son doigt. Joaquim rigole. Ses yeux se plissent, ses lèvres s'étirent comme avant ce masque mortuaire que l'accident a plaqué sur son visage.

Une alliance, c'est pas ça qui va t'arrêter, Manu. Elle te plaît ? Vas-y ! Fonce.

Ma mère referme le livre. Elle le range soigneusement dans son sac avec le crucifix doré, elle a peur des vols. C'est arrivé une fois, paraît-il. Elle se lève, embrasse avec précaution mon frère sur le front comme un nourrisson endormi qu'on craint de réveiller. Je l'aide à enfiler son manteau noir. Les longues heures de repassage ont eu raison de ses articulations. Mon cœur se serre. Avec son cabas, ses épaules voûtées, on dirait une de ces innombrables petites vieilles anonymes que l'on croise chaque jour dans la rue.

Depuis que Joaquim est paralysé, j'ai l'impression que ma mère m'aime moins. Comme si elle me reprochait d'être là, vivant, intact. C'est absurde, ma mère n'a jamais marqué aucune préférence entre ses fils.

Sur le pas de la porte, elle se retourne, me demande si je serai là demain. Je n'en sais rien.

Son pas clopin-clopant de mère amputée s'éloigne dans le couloir désert.

J'hésite avant d'affronter seul le regard de mon frère. Je me retourne enfin, les yeux de Joaquim me fixent, mais je n'y lis pas la détresse habituelle. Ce soir, ils sont remplis de fureur. Une rage qui enfle, déborde et se répand comme un brasier. Je recule d'un pas.

La machine me nargue en ronflant de plus belle. Je ne peux pas, Joaquim, je ne peux pas. J'ouvre mes paumes inutiles ; elles n'ont jamais tué un homme.

T'es pas cap'.

Non, je n'en suis pas *cap'*.

Je fais ce que mon frère ne peut pas faire ; je m'enfuis.

Dehors, une bruine froide enveloppe Paris. Les halos des lampadaires habillent les trottoirs humides d'une laque brillante. Une 3008 passe, moteur au ralenti. C'est l'heure où la ville s'apaise, où la fourmilière se calme.

Je consulte mon portable. 21 h 18. Il est trop tard pour faire un saut au dojo. Je décide de rentrer chez moi par les transports.

Dans le métro brinquebalant qui m'emporte, je me connecte sur ma messagerie personnelle. Quelques mots de Michaela. Je l'ai dragué sur un réseau social. Sa photo de profil exposait une brune piquante. Au dixième échange, je lui ai proposé un rencard... et découvert qu'elle habitait New York. Elle y enseigne le français. Ses messages sont toujours empreints de drôlerie. Elle me parle de sa vie, me questionne sur la mienne. Je réponds quand j'ai le temps. L'amour platonique, ce n'est pas vraiment mon truc. L'épistolaire, ça va un temps...

Je fais défiler les spams. Pas de mail impatient d'Adèle.

Dans mon studio traîne sur le bureau une chemise rouge. J'y ai rangé les procès-verbaux d'audition de témoins que j'ai photocopiés au 36, hier. Je lambine encore un peu, je procrastine comme on dit maintenant, puis je m'attelle enfin à la lecture de ces fragments de passé.

Je n'ai pas de souvenirs nets d'après. Des lambeaux, des flashs. Le chaos dans l'école. Les adultes désemparés. Ladji entre deux policiers. Les locaux tristes du commissariat. Ma peur d'une dérouillée par mon père qui a la main leste.

Je ne mange pas pendant cinq jours. Ma mère parle d'appeler le docteur. Il me semble que je ne cesse de demander où est Ladji et de me heurter aux visages hagards des adultes, comme à des portes fermées.

J'ouvre la chemise. Mon PV est sur le dessus. Ma gorge est sèche, mes mains moites. Je ne sais ce que je vais y découvrir.

Mais il n'y a rien, qu'un petit garçon mutique qui pleure et veut rentrer chez lui.

L'émotion m'étreint. Je suis propulsé vingt-cinq ans en arrière. J'ai dix ans et je pleure. Je ne me souviens plus de cet interrogatoire. La présence de mes parents, je la découvre dans les présentations. Par contre, je me rappelle un autre moment. Je suis dans une minuscule salle du commissariat avec un enfant de la classe, Medhi, je crois. Les murs sont jaunes, la lumière est allumée. Nous attendons, nos parents peut-être, ou un policier. Par désœuvrement, Medhi enroule un élastique autour de son doigt qui devient tout rouge. Une brigadière aux traits flous le sermonne.

Je passe deux heures à parcourir les PV. L'émotion reflue, les automatismes professionnels l'emportent. Les noms défilent. Connus ou disparus dans les limbes de ma mémoire. Je me souviens plus facilement de ceux qui m'ont suivi jusqu'au lycée. Je n'ai gardé de lien avec aucun. Au final, j'écarte deux procès-verbaux.

Il est tard, j'appelle quand même Adèle. Contre toute attente, elle répond à la première sonnerie. Je lui donne rendez-vous dans un restaurant rue Didot demain soir. Elle est d'accord. Et me promet de ne plus éclater en sanglots en public.

À cause d'un flag et de l'arrestation musclée qui s'ensuit, j'arrive vingt minutes en retard.

Adèle

J'attends depuis vingt-cinq minutes lorsque Manuel Ferreira se pointe enfin. Je déteste attendre.

La serveuse m'a installée dans un coin, au calme. Ce n'est pas une brasserie de quartier comme je l'avais imaginé, mais un restaurant moderne, plutôt soigné avec des plats un peu nouvelle cuisine, mais pas trop. J'ai déjà fait le tour des possibilités, pourtant nombreuses, de mon smartphone et tambourine le bois laqué avec mes ongles. Un couple entre deux âges dîne à une table voisine dans les seuls bruits de leurs couverts.

Dehors, la nuit s'est abattue d'un coup sur Paris, comme un rideau trop lourd sur une scène. De rares autos empruntent la rue Didot.

Enfin, l'une d'elle ralentit, se gare sur une place de livraison. Je scrute les vitres. Oui, c'est lui. Il verrouille sa voiture et traverse la voie chichement éclairée.

De mon réduit, je l'observe par la vitre sans qu'il puisse me repérer. Il porte le même blouson de cuir sur un jean, l'uniforme des flics, j'imagine. La ville est mon terrain de chasse, prenez garde malfaiteurs, semble crier sa foulée nerveuse, ses épaules larges qui roulent.

Déclenchant un carillon aigrelet, il pousse la porte de l'établissement. La serveuse a l'air de le connaître. Ils échangent quelques mots. J'observe son profil. Ses pommettes marquées, sa mâchoire bien dessinée. Son teint basané de mauvais garçon. Étonnée, je m'aperçois qu'il est beau. La jeune femme fait un signe dans ma direction. Il tourne la tête et me sourit en découvrant des dents blanches et bien alignées.

Tandis que Manuel marche vers moi, un trouble idiot m'envahit. Il est très différent du souvenir que j'en garde, lors de notre première rencontre : cette après-midi-là, alors qu'il sort de son bureau, je fais à peine attention à son physique. Mes yeux glissent sur lui, le classent d'emblée parmi les « ordinaires ». Au café, cette impression ne se dément pas. Je juge son visage non disgracieux, mais sans attrait particulier. Sans notre deal, sans sa présence, enfant, dans la classe de ma mère, je l'aurais oublié aussitôt. Oui, cinq jours plus tôt, je trouve Manuel Ferreira quelconque, sans charme, et, pour tout dire… petit.

Ce soir, c'est un homme aux traits virils, à la démarche féline avec un je-ne-sais-quoi d'inquiétant qui achève de le rendre irrésistible. Comment l'indéniable sex-appeal de Manuel a-t-il pu m'échapper ?

Est-ce la lumière douce du restaurant ? L'intérêt que lui marque la serveuse ? L'attente, l'espoir ? Le syndrome de Stockholm ? Je me surprends à retenir ma respiration tandis qu'il s'avance vers moi.

Il se penche, s'excuse. Le boulot. Sous des sourcils épais, ses yeux marron étirés vers les tempes et ornés de cils bruns denses luisent dans la pénombre. Je baisse le regard, tombe sur sa main à plat sur la nappe qu'aussitôt j'imagine sur la mienne, toute petite, posée à côté. Je retire ma main comme si la table me brûlait et demande abruptement :

– Vous avez les PV ?

Manuel finit de s'installer sur la banquette.

– Ils sont chez moi.

– Vous deviez les apporter !

– Je n'ai pas eu le temps de repasser à mon appart comme je l'avais prévu. On ira les chercher, mais, si ça ne vous dérange pas, j'aimerais manger quelque chose, je n'ai rien avalé depuis ce matin.

Bien sûr, cela me dérange de dîner avec un inconnu qui me trouble, ne m'obéit pas et avec lequel je dois avoir autant de sujets de discussion communs qu'avec un Pygmée. Ça a fait quoi comme études un policier ? Ça a le BAC au moins ?

– Comme vous voudrez.

– Vous allez voir, c'est très bon ici.

À contrecœur, j'attrape le menu que me tend la blonde serveuse, un peu plus sèchement qu'à mon compagnon, me semble-t-il.

Mon plat est délicieux, et Manuel Ferreira, que je prenais pour un taiseux, sait tenir une conversation, et éviter soigneusement le seul sujet sur lequel je voudrais qu'il m'entretienne. Entre deux bouchées, il s'enquiert de mes recherches, se passionne pour mes explications. J'étudie la dégénérescence maculaire liée à l'âge ou DMLA ; il connaît, sa grand-mère en était atteinte. Je bois un verre de vin, qui me détend. Tout le monde a un grand-parent qui souffre ou a souffert de cette maladie. Un million de Français sont touchés. C'est un fléau qui plonge trente pour cent des vieux dans le flou éternel. Manuel hoche sa belle gueule. Je caresse mon verre. Son regard incandescent s'attarde sur mon annulaire. Peut-être se demande-t-il si mon mari sait que je dîne avec lui ? Je regrette d'avoir gardé mon alliance. Lui n'en porte pas. À la première occasion, je la jette dans les toilettes. On enchaîne avec le cheese-cake, délicieux m'assure-t-il. Je plonge ma cuillère dans la mousse onctueuse. Exquis, c'est vrai. Je reviens à la charge, interroge Manuel sur ses souvenirs. Un peu agacé, il me met au défi de me rappeler mon CM2. Difficile, dois-je avouer, mais ma maîtresse n'y a pas été assassinée sous mes yeux.

– Vous avez lu les PV ?

– Quelques-uns...

– Le vôtre, au moins.

Pour la première fois de la soirée, Manuel semble perdre sa belle assurance. Je sais qu'il n'est pas l'amnésique qu'il prétend. Le trauma est là, lové dans son cerveau comme un ver dans un fruit.

– Adèle, vous ne trouverez rien dans ces PV. Vous perdez votre temps et vous rouvrez une blessure pour rien.

– Parce que vous croyez qu'elle n'est pas toujours béante ? C'est pour la refermer que je dois chercher. Je veux entendre les témoins, je veux retourner sur les lieux, je veux savoir enfin !

– Savoir quoi ?

Savoir tout, et si pour cela je dois fourailler dans nos blessures, je n'hésiterai pas. Mais au lieu de hurler ma révolte, amollie par le vin, je quémande d'un ton plaintif :

– Vous m'aiderez, n'est-ce pas ?

Manuel me considère avec gravité.

– Oui, Adèle. Je vous aiderai toujours. Je vous le dois.

Quelques minutes plus tard, il tient à régler l'addition avec sa carte bleue de la BNP. Nous traversons la rue ensommeillée jusqu'à sa voiture, une Peugeot je ne sais combien.

– On va aller chez moi. Je monte chercher les PV, puis je vous raccompagne chez vous.

J'ai la tête qui tourne un peu.

– Vous ne savez pas où j'habite.

– Si, madame Lemeur, rétorque-t-il en actionnant l'ouverture centralisée des portières.

*

29/03/1989
Affaire Moineau

Audition du témoin Manuel Ferreira, dix ans, élève de CM2B
En présence de ses parents, de l'inspecteur Georges Crenne et du brigadier Anne Zorha.

Question : Manuel, est-ce que tu peux nous raconter ce qui s'est passé dans la classe hier ?

L'enfant regarde ses pieds et ne répond pas.

La question est reposée plusieurs fois. Sans réponse du témoin.

Le brigadier Zorha apporte une feuille de papier et des crayons.

Question : Manuel, tu veux dessiner ce qui s'est passé dans la classe, tu veux bien ?

L'enfant secoue la tête.

Brigadier Anne Zorha : Manuel, fais-moi un beau dessin, s'il te plaît.

L'enfant secoue la tête et repousse les crayons.

Question : Manuel, est-ce que tu as vu Ladji faire quelque chose dans la classe hier ?

L'enfant secoue la tête.

Question : Est-ce que tu savais que Ladji avait un pistolet dans son cartable ?

L'enfant secoue la tête.

Question : Manuel, regarde-moi et réponds-moi. Est-ce que tu savais que Ladji avait un pistolet dans son cartable ?

Joao Ferreira : Mon fils n'a rien à voir avec ce voyou !

Question : M. Ferreira, laissez-moi faire mon travail. Manuel, qui a donné un pistolet à Ladji ?

Manuel Ferreira : Où est Ladji ?

Question : Manuel, Ladji a fait très mal à la maîtresse, hier. Est-ce que tu as vu Ladji avec le pistolet ?

L'enfant secoue la tête.

Question : Manuel, est-ce que Ladji a tiré sur la maîtresse avec son pistolet ?

L'enfant commence à pleurer.

Manuel Ferreira : Je veux rentrer à la maison.

Question : Tu rentreras quand tu auras répondu. Est-ce que Ladji a tiré sur la maîtresse ?

L'enfant sanglote.

Question : Qui a donné le pistolet à Ladji ? Qui, Manuel ?
Manuel Ferreira : Je veux rentrer à la maison.

L'audition est interrompue.

Inspecteur Georges Crenne.

Adèle

Je suis réveillée par une clef qui fourrage dans la serrure. Mon père surgit dans l'entrée, un carton sous le bras. Son trousseau au bout des doigts, il me considère, interloqué.

– Désolé, je n'ai pas sonné, je croyais que tu étais au labo.

Il dépose le carton sur la table.

– Je te ramène tes livres. Comme promis.

Je me redresse. Hier soir, je me suis endormie sur le canapé, tout habillée, les PV éparpillés autour de moi.

Bien qu'il soit à la retraite depuis six mois, mon père arbore toujours son déguisement de prof de fac. Veste en tweed, souliers avachis et crinière blanche.

– Tu es malade ?

– Non, j'ai pris quelques jours.

Mon père s'assied sur le fauteuil en face de moi, pose ses avant-bras sur ses genoux comme s'il s'apprêtait à me psychanalyser.

– Et tu dors à 10 heures du matin…

– Je me suis couchée tard hier soir.

– Où est Emeric ?

– À son cabinet, j'imagine.

– Tu imagines...

Je soupire. Mon père va me cuisiner jusqu'à ce que je crache le morceau. Autant céder tout de suite.

– Il est parti.

– Encore !

Je songe à la lettre de son avocate que j'ai reçue hier.

– Cette fois, je crois que c'est plus sérieux.

– Ça va s'arranger. Comme chaque fois.

Emeric est coutumier de ces coups de sang. Chaque fois, il revient et nous reprenons notre train-train comme si de rien n'était. Mais à chaque fois, le lien s'effiloche. Une corde si usée que seul un brin fragile nous retient encore l'un à l'autre. Je ne suis pas sûre d'avoir envie qu'il résiste, mais je ne l'avoue pas à mon père. Il aime beaucoup Emeric, il pense que c'est l'homme qu'il me faut.

Machinalement, mon père ramasse un des feuillets répandus au sol. Ses sourcils se froncent.

J'explique. La photo. Mon enquête. Les PV des enfants récupérés par Manuel. N'est-ce pas une coïncidence troublante qu'il soit devenu flic ? Papa hausse les épaules. Il pose la feuille sur la table basse avec une mimique de dégoût. Je devrais laisser tomber, assure-t-il. Aller de l'avant. Inutile de revenir sur « cet événement ».

Mon père évoque toujours le meurtre de maman en l'appelant « cet événement », comme on parlait « des événements » pour la guerre d'Algérie. Coupable euphémisme. Dangereuse litote.

– Le départ d'Emeric, c'est à cause de ça ? demande mon père.

Je baisse les yeux.

– Adèle, ma fille... souffle-t-il.

Je n'ai encore rien avalé. Je me lève et nous prépare un café dans la cuisine. La voix de mon père me parvient du salon. La maison de Bagneux est vendue, il part la semaine prochaine pour Étretat. Le temps de finir de tout vider.

Mon père s'est entiché de la Normandie, et notamment des falaises de craie du pays de Caux, au point de vouloir s'y retirer. Il se voit très bien, crinière au vent, arpentant les sentiers de bord de mer sur les traces de Maupassant. Je le soupçonne de vouloir tâter de la plume dans sa bicoque au milieu de nulle part, mais avec une très belle vue sur la Manche et ses reflets changeants.

– Tes sœurs viendront pour Pâques, et toi ? s'enquiert-il lorsque je dépose les tasses fumantes sur la table basse.

Mes sœurs...

Deux ans après la mort de maman. Papa épouse Eva, une prof de fitness. Son seul atout, c'est sa plastique. Six heures par jour de gesticulations sur des musiques syncopées, ça vous forge un fessier, et détruit un cerveau. Si mon père a voulu une nouvelle femme qui ne lui rappelle pas la première, c'est réussi. Eva est bête comme ses pieds. La preuve, elle le quitte cinq ans plus tard. Le temps tout de même de nous encombrer de deux gamines, me condamnant un dimanche sur deux aux jacasseries et criailleries de ces deux pestes. Aussi stupides, égocentriques et superficielles que leur mère. La preuve, elles deviennent profs de samba. Toutes les deux !

– Pas à Pâques, c'est sûr.

– Adèle, ma fille...

– Tu sais bien que je ne les supporte pas. Elles sont tellement... frivoles ! À côté d'elles, Adriana Karembeu fait figure de prix Nobel !

Charline et Angeline habitent ensemble dans le XVe. Leur appart est décoré de posters de chanteuses court vêtues (pour ne pas dire à poil). Les lèvres de mon père affichent le sourire indulgent qu'il colle sur sa figure en leur présence et m'exaspère.

– Si tu savais comme leur frivolité me fait du bien. La légèreté a du bon parfois.

Un sarcasme jaillit de ma bouche :

– Comme lorsqu'elles te parlent, des larmes dans la voix, de la mort de leur pauvre poisson rouge quand mamie agonise à l'hôpital ?

– Adèle, ma fille... Ma si sérieuse, trop sérieuse fille... J'ai parfois l'impression...

Des yeux, il fait le tour des PV dispersés.

– ... que cet événement...

– Quoi ?

– Rien. Quand viendras-tu à Étretat, sans tes abominables et incultes petites sœurs ? Je peux aller te chercher au Havre, si tu préfères venir en train.

– Je ne sais pas, le week-end d'après…

J'entreprends de rassembler mes documents. Mon père se lève.

– Baptiste Rémond, ça te dit quelque chose ?

Je perçois comme une minuscule hésitation, une infime crispation, trois fois rien, un battement d'ailes de colibri.

– Baptiste Rémond ? Non. Qui est-ce ?

– Un collègue de maman. D'après un article du *Parisien* que je me suis fait envoyer, c'est le premier adulte arrivé sur les lieux après le coup de feu. Et bizarrement, je ne trouve pas son PV.

Sous la crinière blanche, les joues de mon père retrouvent leur teint hâlé.

– Ton flic n'a peut-être pas tout déterré. C'est si vieux…

C'est vrai qu'il manque aussi quelques PV d'enfants, dont celui d'Anaïs Pasquier qui se trouvait à la même table que Manuel et Ladji. Mais tous les enfants n'ont peut-être pas été interrogés.

Je passe la journée à lire et relire les PV ne me nourrissant que d'un paquet de TUC.

Un malaise s'insinue peu à peu en moi. L'angoisse sourd de ces bouts de papier. J'essaie de me rappeler le soir où ma mère n'est pas rentrée à la maison, mais il n'y a rien dans mon cerveau, rien. J'imagine que cette soirée-là, comme d'habitude, je prends mon bain dans la salle carrelée de rose de la maison de Bagneux, regarde mes dessins animés, joue avec mes Playmobil. Mon père est-il là ? A-t-il fait venir ma tante ?

Rien, je ne sais pas ce que j'ai fait le soir où ma mère n'est pas rentrée.

Pendant que je vaque, innocente encore, certains enfants de la classe sont au commissariat. On les interroge, on prend leur déposition. Les parents arrivent. C'est la stupéfaction, l'effarement, l'incompréhension. Les policiers interrogent, avec plus ou moins de patience.

Je lis et je relis.

Il y a quelque chose qui ne colle pas dans les PV des petits élèves.

Je lis et je relis, et soudain, je trouve.

Aucun des enfants ne désigne explicitement Ladji comme le tireur.

Pourquoi ?

Les questions sans réponse surgissent.

Comment les policiers ont-ils été amenés à suspecter Ladji dans ces conditions ?

Pourquoi Baptiste Rémond n'est-il pas interrogé ?

Je lis et relis jusqu'à ce que mes yeux me piquent.

Finalement, je sélectionne deux PV. Ceux d'Alexis et Camille.

Celui d'Alexis, car, contrairement aux autres enfants, il se montre volubile et parce qu'il se trouve à la table de Ladji. Celui de Camille, parce qu'il est déroutant.

Ensuite, j'appelle l'homme qui a promis de m'aider. Manuel me répond, la voix hachée, le souffle court comme s'il venait de faire un 100 mètres. Je dois lui parler.

Il me donne rendez-vous le lendemain. Dans un dojo. J'accepte, moi, la phobique du sport.

Manuel

Rue de Rennes, 17 heures. Large artère encombrée. Hideuse et interminable trouée entre Montparnasse et Saint-Germain-des-Prés. Les bus klaxonnent, les autos vrombissent d'un feu à l'autre. De chaque côté de la voie, les magasins absorbent et dégueulent les clients. Une foule dense sillonne les trottoirs, baguenaudant de vitrine en vitrine ou fonçant, attaché-case à bout de bras, vers la gare.

Ciel gris.

Je repère ma petite voleuse trente mètres plus bas. Vêtue d'un pull violet sale, elle a treize, quatorze ans à tout casser. Elle fait bande à part, ce qui n'est pas courant chez les Roms. Ses cheveux noirs n'ont pas vu de shampooing récemment, mais sa frimousse est mignonne. Elle avance vers moi, zigzagant entre les passants. Ses doigts bruns et agiles visitent les sacs, sondent les poches et épluchent les bananes. Elle allège les portefeuilles ou soulage les cabas avec grâce et légèreté. Elle dévalise, oui, mais proprement. Un joli ballet en délinquance mineure. Du travail de pro. Dans l'oreillette, Julien m'informe qu'il l'a vue aussi. Il remonte vers moi. Nous allons la prendre en tenaille et l'interpeller.

Un jeu d'enfant.

La gamine n'est plus qu'à deux mètres. Ses yeux noirs accrochent les miens. Deux balles de cobalt qui me transpercent. J'ai à peine le temps de crier, de jeter une main dans sa direction, la gosse se faufile sur ma droite. Une vraie anguille. Je m'élance à sa poursuite, bousculant un grand Noir en veste de jean.

Elle court bien. Nous slalomons entre les passants qui protestent. Cette gamine, c'est Marie-José Pérec. Du vif-argent. Derrière, Julien et ses kilos superflus perdent du terrain. J'en gagne. Ce n'est pas une petite Rom sous-alimentée qui va me semer. Au niveau de la Fnac, les portes relâchent une flopée de badauds qui me ralentit. Je trébuche sur un enfant, me fais injurier par sa mère qui agrippe la manche de mon blouson. « Police ! », je hurle.

Je me redresse, haletant et vénère. Je crois l'avoir perdue, puis soudain, elle est là. Fendant comme une civelle le flot humain.

Sa chevelure noire en ligne de mire, je cours tel un dératé. Julien halète comme un phoque dans mon oreillette que j'arrache. Nous débouchons sur l'intersection avec le boulevard du Montparnasse. Cinés, grands magasins et trafic infernal se disputent le lieu. La fille oblique à gauche, s'engouffre dans une bouche de métro. Elle est cuite.

Arrivée en bas, elle escalade le tourniquet et sa haute porte comme s'il s'agissait d'un vulgaire muret. Je la suis, m'écrabouille l'entrejambe et retombe lourdement. Soufflant comme une forge, Julien arrive, braille au préposé de lui ouvrir. Malgré mon mal de couilles, je suis déjà reparti.

Nos pas précipités résonnent dans les couloirs. Indifférente aux innombrables posters vantant les mérites de cette société de consommation qui la rejette, la gamine saute comme un cabri par-dessus les valises à roulettes, dévale les escaliers, avale le bitume gris sans donner le moindre signe de fatigue. Elle dépasse un kiosque de fleurs en provenance de Colombie, s'engage sur le trottoir roulant, vers la gare. Je bondis sur la plateforme entre les deux tapis. D'en haut, tandis que ma course produit sur la surface métallique un boucan d'enfer, je ne quitte pas du regard ma minuscule furie volante. Avec un mélange de crainte et de respect, les gens s'écartent pour la laisser passer.

Au bout du trottoir, elle semble, pour la première fois, hésiter et choisit la direction Châtillon. J'ai repris du terrain, je suis sur ses talons. Nous dégringolons un escalier. Elle débouche sur le quai.

Il n'y a pas de sortie à l'autre bout. Ma mâchoire se relâche, mes poings se décrispent. Elle va ralentir, s'en apercevoir. Je vais enfin serrer cette petite impertinente.

Une exclamation d'effroi monte du quai : la gamine escalade les portiques en plexiglas, plonge dans le trou des rails. Elle poursuit sa folle course sur le ballast, puis disparaît dans l'obscurité mortelle du tunnel.

Je suis déjà derrière elle.

C'est mal éclairé. Les rails et les traverses gênent ma progression, les pierres me tordent les chevilles. Une sueur acide coule dans mes yeux. Je tombe, me relève. Je réfléchis à toute allure. La prochaine station est Gaîté, toute proche. Avec un peu de chance, nous pouvons y arriver avant qu'une nouvelle rame ne s'annonce.

Un métro hurlant nous croise. J'aperçois le chauffeur dans sa cage de verre. Un gaillard chauve avec un bouc et des yeux exorbités. Ferme la bouche et attrape ton putain de téléphone !

Combien de temps faut-il pour stopper un métro ?

Les voyageurs défilent comme dans un film accéléré. Certains ne remarquent rien, d'autres étouffent un cri, esquissent un geste incrédule. Dans la lumière stroboscopique des wagons, ma voleuse cavale sans faillir. La pénombre revient.

Arrête-toi ! Ma voix se répercute sur les parois noircies. Seul le choc des pieds agiles de la gamine sur le sol me répond.

Enfin, au bout du tunnel, une lumière plus forte, celle de la station. J'ai à peine le temps de me réjouir : un sifflement sinistre me fait tourner la tête. J'accélère. La mort aux fesses, je cours plus vite que je n'ai jamais couru. Devant, la gosse grimpe sur le quai. Derrière, le métro hurle comme un fou. J'ai tout juste le temps d'apercevoir le doigt d'honneur de la gamine avant de me plaquer contre la paroi rugueuse.

La rame n'en finit pas de passer. Son souffle irrégulier balaie mes joues. Je ferme les yeux. Les hurlements des essieux, le défilement des wagons me déchirent les tympans. Dans un flash, ma mère en pleurs m'apparaît. Je me cramponne à la paroi. J'entends sous mon crâne une voix qui m'accuse. Tu crois que ça ne lui suffit pas un fils mort-vivant ?

La dernière voiture disparaît dans un ultime sifflement.

Enfin, le calme.

Je titube sur les deux mètres qui me restent à parcourir, enjambe le quai en tremblant et m'affale sur le sol comme un homme ivre. Mon palpitant pointe à 160, mon T-shirt est bon à essorer et ma couille droite endolorie, pourtant j'ai une furieuse envie d'éclater de rire.

Julien est là, qui se penche au-dessus de moi.

– Manu, ça va ?

– Comment t'es arrivé toi ?

– J'ai pris le métro, ducon !

Je m'esclaffe et roule sur le dos, les bras en croix. Julien me décoche un coup de pied dans le flanc.

– Qu'est-ce qui t'a pris, espèce de malade ? T'en as marre de la vie ?

C'est le moment que choisit mon téléphone pour se déchaîner dans ma poche. Je consulte l'écran.

Adèle.

*

Plus tard dans son bureau, Sonia me passe un savon. Qu'est-ce qui m'a pris ? Qu'est-ce que je veux ? Un nouveau Clichy-sous-Bois ? Pourquoi j'ai pas décroché ? On ne risque pas une mégabavure ou sa vie pour une pickpocket de mes deux. Je baisse des yeux contrits. Encore heureux que je n'ai pas fait usage de man arme, conclut Sonia, furax. Je ricane intérieurement. Je flingue les femmes, pas les fillettes, mais ça, Sonia ne le sait pas. Personne ne le sait.

Sonia m'engueule. Normal, c'est son rôle de chef. Au fond, je sais qu'elle aime mes prises de risque. Et puis, j'en ai rien à faire. Je quitte son bureau, un sourire aux lèvres.

Demain, j'ai rendez-vous avec Adèle.

La belle Adèle qui étudie la DMLA et voudrait me rendre la vue, moi qui voudrais être né manchot.

Manuel

Je resserre ma ceinture noire.

Comme prévu et sans difficulté, je suis arrivé en finale du tournoi. J'espérais qu'Adèle paraisse pour assister à mon triomphe, mais les gradins clairsemés restent désespérément vierges de sa présence. Dommage, en général, ça les impressionne. Favorablement.

L'arbitre donne le signal. Après un court hajimé, mon adversaire tente déjà d'agripper le revers de mon kimono. J'esquive. C'est un nouveau au club. Je ne le connais pas très bien, mais j'ai pu assister à sa demi-finale. Massif, il manque de vivacité.

Il revient à l'attaque. Nous nous empoignons et entamons une lente valse les yeux dans les yeux. Au moment où sa main droite me saisit par la nuque tandis que les doigts de sa main gauche glissent vers la manche, je reconnais le grincement caractéristique de la porte d'entrée du haut des gradins. J'ai une seconde d'hésitation. Mon adversaire lance sa jambe droite pour me déséquilibrer. Je bascule sur ses reins, il m'enroule comme un fétu de paille. Durant mon involontaire rotation, j'aperçois du coin de l'œil la porte ouverte. Mon adversaire se plie et me projette lourdement sur le dos. Ma cage thoracique percute avec violence le tatami. Mes poumons expulsent un souffle douloureux, ma vue se voile.

Légère comme une apparition, Adèle descend l'escalier.

L'arbitre lève le bras. Ippon debout, je viens de perdre le plus bref combat de ma carrière de judoka amateur.

Je vieillis, on dirait.

Adèle s'accoude à la rampe au-dessus de moi. Allongé sur le tatami, je reprends ma respiration tandis que mon adversaire triomphe et que le public émet des applaudissements anémiques. Elle a troqué son manteau gris pour un imper de la même couleur. Ses pieds sont petits dans leurs escarpins, ses chevilles d'une finesse exquise sous le voile léger du collant. J'ai une furieuse envie de les toucher. Adèle se penche un peu et demande si ça fait mal.

– Seulement à mon honneur.

Elle sourit, de ce sourire qui n'arrive jamais tout à fait à s'arracher à la mélancolie et me serre le cœur.

Alors que je la contemple d'en bas, crucifié sur le tatami, tout devient limpide. Je me suis trompé l'autre jour, au café, Adèle est la femme dont je devais tomber amoureux. C'est ma rédemption.

Adèle

J'abhorre le sport, et en particulier la compétition. Des hommes et des femmes se mesurent à d'autres hommes et femmes, pour quoi ?

Le dépassement de soi ? La gloire ? Le patriotisme ?

Plutôt deux minutes de projecteurs et une médaille en chocolat… Et, au final, la santé bousillée.

Le milieu de la recherche n'échappe pas au fléau de la compétition ; tous les coups sont permis pour tirer la couverture à soi. Je ne supporte plus cette ambiance délétère. Cette course à la publication, cette surenchère de sournoiserie, cette obligation de dissimulation à laquelle je suis moi-même contrainte, au risque de me voir déposséder du fruit de mon travail et qui, pourtant, est contre-productive. Ces comportements sont si mesquins face aux enjeux… mais même un QI de 160 ne se raisonne pas face à la promesse de son nom dans *The Lancet*.

Au bout du hall, je pousse une porte qui grince, découvre un public réduit, deux hommes en kimono qui combattent dans l'arène en bas. Ils s'attrapent par le col comme deux chiffonniers. Manuel Ferreira est l'un d'eux. Il me lance un coup d'œil avant de se retrouver par terre sans avoir pu dire ouf. Ou je lui fais un effet bœuf, ou il est très mauvais malgré sa ceinture noire. Je m'engage dans l'escalier en pinçant les narines. Il flotte sous le haut plafond du dojo des relents de fauves encagés. Les tatamis imprégnés de sueur et de champignons exhalent des effluves musqués.

Au moins, au labo, les odeurs nous sont épargnées. Les concurrents transpirent peu et ont la décence de garder leurs chaussures. Au pire, lâchent-ils, en s'excusant, une fugace flatulence, conséquence la plus bénigne d'un repas trop gras avec le P.-D.G. d'une firme-sponsor.

Manuel se relève, souriant malgré sa défaite, ce qui me plaît. Un sportif qui ne se prend pas au sérieux, voilà qui m'est plus supportable.

Chaque dimanche matin, Emeric joue au tennis avec hargne. Il rentre rouge et mécontent, car il perd souvent. Tous les ans, il suit le Tournoi des Six Nations, affichant une passion bruyante à laquelle je ne m'habituerai jamais. J'ai pour père un fan de « La grande librairie », pas des matchs de rugby ou de foot. Papa ne pratique que la marche à pied. Mon père est un intellectuel. Son sport, c'est la philosophie, avec une prédilection pour les penseurs allemands. Lorsque j'ai choisi médecine, il n'a pas pu cacher sa déception, et il faut bien le dire, son léger mépris, pour mon penchant scientifique. Dire qu'Angeline et Charline sont profs de danse latino et qu'il trouve ça génial… Angeline n'a même pas réussi à avoir son brevet des collèges, mais mon père n'est qu'indulgence pour ses filles cadettes. Comme si elles avaient leur existence propre, alors que je suis, moi, une sorte d'excroissance de sa personne.

Je ne sais pas si ma mère pratiquait un sport, mais je me plais à l'imaginer en nageuse émérite. Dans la brume de mes faux souvenirs, elle fend, sirène sensuelle et silencieuse, l'eau chlorée de la piscine de Bagneux. Un clapotis léger pour seul supporter.

Kimono largement échancré, Manuel grimpe les quelques marches qui nous séparent. Pieds nus, il doit faire un à deux centimètres de moins que moi. Il y a encore quelques jours, j'aurais prétendu que c'était rédhibitoire. Manuel me sourit en montrant ses dents comme au resto. Mon pouls s'accélère, ma belle assurance part en dégoulinant comme si j'avais moi-même combattu sur le tatami poisseux.

Je sais que l'attraction sexuelle n'est qu'affaire de chimie entre deux êtres. Je suis une scientifique. Aucun doute, Manuel est une bombe à phéromones et les lois de la chimie sont souveraines sur ma raison. Je détourne les yeux de son torse luisant. La situation est très embarrassante. Je regrette d'être venue. Quelle idée, ce rendez-vous. Je suis autant à ma place ici qu'un pingouin au Sahara.

Les pouces coincés dans sa ceinture, Manuel, lui, n'est pas embarrassé. On dirait qu'il fait ça tous les jours, discuter à moitié nu avec une quasi-inconnue. Je propose de se retrouver dans le café qui jouxte le dojo, dès qu'il aura pris sa douche. Il accepte et promet de se dépêcher.

Dix minutes plus tard, nous sommes attablés devant un thé citron et une Heineken sur la terrasse emplastiquée du troquet. Malgré la loi, des cendriers invitent les fumeurs à s'adonner à leur vice. Trois jeunes femmes, pas très loin, ne s'en privent pas. Derrière les rideaux transparents, la porte de Châtillon est laide à pleurer avec ses immeubles gris surplombant la tranchée du périph.

Manuel reprend son ton badin. Je l'arrête tout de suite, je ne suis pas là pour ça. Je suis là pour les PV. Il pose sa bouteille et plante son regard dans le mien pour me signifier son attention. De mon sac, je sors la chemise qui contient les documents et attaque :

– Voilà, j'ai lu et relu tous les PV que vous m'avez apportés l'autre jour et il y a quelque chose d'étrange… Je ne comprends pas comment la police a conclu à la culpabilité de Ladji.

Manuel fronce les sourcils.

– Il y avait des témoins oculaires.

– Aucun des enfants n'accuse explicitement Ladji. Vous pas plus que les autres.

– Comment ça ?

– Ils parlent tous du coup de feu, mais dans les PV aucun ne dit que c'est Ladji qui a tiré. Pourtant une heure après le meurtre, il est arrêté. Est-ce qu'on vous a interrogé à l'école ?

– Je ne sais pas, je ne me m'en souviens plus.

– Est-ce que Ladji a avoué ?

– Je vous l'ai dit, je ne m'en souviens pas. Qu'est-ce que ça change ?

Je me carre contre le dossier de ma chaise.

– C'est facile et commode de faire porter la responsabilité à un mort...

Le froncement de sourcils de Manuel s'accentue.

– Adèle, qu'est-ce que vous allez chercher ?

Je m'anime.

– Je trouve qu'il n'y a rien de cohérent dans cette version officielle. Un gamin de dix ans qui tire, qui s'enfuit, une moto passe par là comme par hasard et des dépositions de témoins hyper vagues...

Manuel s'esclaffe.

– Un complot quoi ?

– Des erreurs. Une enquête bouclée trop vite qui aboutit à une énorme erreur judiciaire.

– Les flics ne sont pas tous des incapables, vous savez. La plupart des enfants n'ont rien vu, c'est pour ça qu'ils ne disent rien dans les PV. Nous avions les yeux rivés au tableau. Ça s'est passé très vite.

Une ride contrariée fend mon front. Je ne suis pas convaincue par les arguments de Manuel. Je sors les deux PV que j'ai sélectionnés. Celui d'Alexis, et celui de Camille, un simple dessin.

– Alexis, il est à votre table. Il parle d'un homme très grand caché dans la classe.

Manuel parcourt le document.

– Il parle d'un vampire. C'est très confus, très décousu. Il semble obsédé par la mort. C'est un gosse, Adèle, un gosse bouleversé comme nous l'étions tous. Un gosse de neuf ans perturbé. Il n'y avait pas d'adultes dans la classe au moment du tir, mais l'instit d'à côté est arrivé très vite, c'est peut-être lui dont parle Alexis, comme l'a supposé l'inspecteur Crenne.

– Baptiste Rémond ?

– Peut-être. Je ne me souviens plus du nom exact.

Je fixe Manuel.

– C'est ce nom-là et, bizarrement, il n'y a pas son PV.

Il ne cille pas.

– Le complot encore, hein ? Bizarrement, au bout de vingt-cinq ans, il y a des documents qui se perdent. Ça ne vous arrive pas dans vos hôpitaux ?

– Hum, il manque aussi celui d'Anaïs Pasquier et c'est pourtant un témoin capital, elle se trouve juste à côté de vous.

Manuel hausse les épaules.

– Peut-être qu'elle était malade ce jour-là.

– Vous vous en souvenez ?

– Non, mais c'est une possibilité.

– C'est vrai, mais il y a ce dessin. C'est celui de Camille, une petite fille dysphasique. Comme elle parle très mal, on l'a fait dessiner.

Je le tourne de façon à ce que mon interlocuteur le découvre dans le bon sens. Le schéma représente un bonhomme aux cheveux noirs muni d'une arme, au milieu d'une classe reconnaissable à son tableau et aux nombreuses tables, le tout exécuté avec soin. Au sol, il y a un petit personnage. Une tache rouge sur le dos. Manuel se saisit de la feuille.

– Oui, et alors ?

– Le personnage au pistolet est beaucoup plus grand que les autres enfants.

– Le dessin n'est pas forcément à l'échelle, et Camille était sans doute très impressionnée. Adèle, il faut prendre ces témoignages avec précaution. Il s'agit de gosses de neuf ou dix ans en état de choc.

– Mais regardez sa peau...

Manuel reporte son attention sur le personnage principal. Je poursuis :

– Camille l'a dessiné avec un feutre rose, comme le font généralement les enfants pour représenter les Blancs. Ladji avait la peau très foncée d'après la photo de classe.

Les yeux plissés, Manuel contemple le croquis un long moment.

– Effectivement, c'est étrange, mais j'ai bien peur que seule Camille ait la solution de cette énigme. Si elle s'en souvient.

Je saute sur la perche qu'il me tend bien involontairement :

– Justement, je voudrais rencontrer Camille. Et Alexis. Et Juliette et Anaïs aussi. Et Medhi.

– Les quatre de la fameuse tablée...

– Plus Camille. Et Baptiste Rémond, l'instituteur. J'ai besoin de leurs adresses.

Manuel m'observe, un sourire amusé au coin des lèvres.

– Vous n'abandonnez jamais. Vous allez refaire l'enquête, toute seule, vingt-cinq ans après ?

– Je ne suis pas toute seule, puisque vous avez promis de m'aider.

– Alors je suppose que je vais devoir faire des heures sup ?

Je hoche la tête.

– Pourquoi voulez-vous les retrouver, alors que vous avez un témoin essentiel sous la main ?

J'écarquille les yeux en signe d'ignorance. Manuel se touche la poitrine.

– Moi.

– Mais vous n'avez rien vu.

– Je n'ai jamais dit que je n'avais rien vu. Au contraire, je vous l'ai dit et répété, c'est Ladji qui a tiré sur votre mère. J'étais à côté de lui. Le coup de feu m'a déchiré le tympan.

– Alors pourquoi ne pas le dire au policier qui vous interroge après le meurtre de ma mère ?

Manuel me décoche un sourire navré.

– Mais, parce que ça ne se fait pas...

– Quoi ?

– À dix ans, ça ne se fait pas de cafter. Au moment du PV, je ne sais même pas que Ladji est mort. On ne dénonce pas un copain, Adèle.

Abasourdie, je le dévisage. Je cherche derrière l'homme le petit garçon buté qui ne veut pas balancer son ami qui vient de commettre un acte, dont, peut-être, il ignore la gravité. Je ne le trouve pas. Il a disparu. Il s'est évanoui derrière les sourcils bruns, la mâchoire carrée.

– Ne vous mettez pas martel en tête, Adèle. Il n'y a rien de mystérieux dans ce dossier. Si c'était le cas, vous pouvez être sûre que je serais le premier à reprendre l'enquête. Que je l'aurais fait dès mon intégration dans la police.

Ne pas cafter. Garder le silence. Un mensonge par omission ? C'est donc ça ? Uniquement ça ? Ce silence des PV, ce malaise qui m'a saisie à leur lecture ?

Tout à mon trouble, je ne vois pas Manuel avancer la main vers la mienne. Ses doigts effleurent l'anneau de peau claire qui barre mon annulaire. Je tressaille, mais laisse ma main posée sur la table.

– Vous ne portez plus votre alliance ?

Bêtement, je porte mon regard sur la marque blanche. Je n'ai pas eu l'audace de jeter mon alliance dans les toilettes. Elle se trouve dans ma boîte à bijoux avec ma médaille de baptême et la bague que mon père m'a offerte pour mes vingt ans.

Manuel insiste d'une voix grave et vibrante :

– Vous la portiez l'autre jour.

Les doigts bronzés, doux et chauds, s'enhardissent, passent du frôlement à la caresse, de la caresse à l'étreinte. Moins je résiste, plus je fonds. Mon pouls se précipite. Pour dix centimètres carrés de peau abandonnée à ce vil séducteur.

Dans un souffle de mourante, je concède :

– Je suis en instance de divorce.

Je jurerais qu'il a souri.

– Ça n'a rien de drôle.

– Vous avez des enfants ?

– Non.

– Alors ce n'est pas la fin du monde.

L'image d'Emeric s'est infiltrée entre nous, rompant le charme. Je tente de dégager ma main, il la retient une seconde, puis la libère, comme un chat lâche la proie qu'il sait pouvoir rattraper à tout instant. Je pose ma paume sur mon genou, loin, très loin des doigts d'acier gantés de velours.

– Il doit bien y avoir d'autres choses dans ce dossier.

Manuel avale une gorgée au goulot. Sa pomme d'Adam se soulève.

– Le dossier de votre mère ?

– Oui, je ne sais pas, des trucs balistiques, un rapport d'autopsie… Une vraie preuve de la culpabilité de Ladji. Pas des témoins mineurs en état de choc.

Manuel pose sa bouteille et ses coudes sur la table.

– Vous voulez vraiment lire le rapport d'autopsie de votre mère ?

– S'il le faut, oui.

Son visage est tout près. Ses prunelles plantées dans les miennes. Je peux suivre les ridules qui s'épanouissent aux coins de ses yeux. Des deltas miniatures dans la peau hâlée.

– Adèle, je vous aiderai dans la mesure de mes moyens, et vous savez très bien pourquoi…

Ce ne sont pas des deltas, ce sont des toiles d'araignée dans lesquelles les pauvres papillons embrouillent leurs ailes avant d'être dévorés tous crus.

– Mais ne comptez pas sur moi pour ce rapport d'autopsie.

Il se lève, enfile son blouson et s'éloigne sans un mot de plus.

Je termine mon thé tiède. Manuel m'aidera parce qu'il veut me revoir, mais, comme les autres, comme depuis l'âge de mes cinq ans, il ne me donnera qu'une vérité parcellaire et expurgée. *Pour mon bien.*

Le problème, c'est que je veux le revoir aussi, mais je ne suis pas sûre que ce soit pour l'enquête, ni même *pour mon bien*.

Je range le dessin dans la chemise, puis je me saisis du PV d'Alexis.

29/03/1989
Affaire Moineau

Audition du témoin Alexis Bref, neuf ans, élève de CM1B,

En présence de sa mère, de l'inspecteur Georges Crenne et du brigadier Anne Zorha.

Question : Alexis, est-ce que tu peux nous raconter ce qui s'est passé dans la classe hier ?

L'enfant est très agité. Il regarde sa mère qui l'encourage à parler.

Alexis Bref : Y avait du sang partout.

Question : Tu sais pourquoi, Alexis ?

Alexis : La maîtresse est morte. On peut mourir si on s'arrête de respirer.

Brigadier Anne Zorha : Oui, mais la maîtresse n'est pas morte comme ça.

Alexis : Moi, souvent, j'ai peur de mourir si je m'arrête de respirer.

Madame Bref : Tu ne vas pas mourir, Alexis.

Alexis : Si, si je m'arrête de respirer. Ou si le vampire vient me chercher.

Madame Bref : Tu ne peux pas, Alexis. On ne peut pas s'arrêter de respirer et les vampires, ça n'existe pas.

Inspecteur Georges Crenne : Alexis, on est là pour parler de la maîtresse.

Alexis : La maîtresse est morte.

Question : Tu peux nous dire comment cela s'est passé ?

Alexis : C'est le vampire.

Question : Quel vampire ?

Alexis : C'est le vampire qui l'a tuée. Il était très très grand. Il a pris son sang.

Inspecteur Georges Crenne : Alexis, il n'y avait pas de vampire.

Alexis (s'agitant) : Si, si, un très grand homme qui était un vampire. Je le sais parce qu'il était sur la maîtresse et prenait son sang. Et on voyait ses dents. Et il criait. Je me suis bouché les oreilles.

Inspecteur Georges Crenne : Tu confonds, Alexis, cet homme est arrivé après, il voulait aider madame Moineau.

Alexis : Non, non, il était là tout le temps, depuis le début de l'année.

Question : Tu dis qu'il y avait un homme dans la classe avant que la maîtresse tombe par terre ?

Alexis : Il était là, mais on ne le voyait pas.

Question : Qui est cet homme, Alexis ? Tu peux me donner son nom ?

Alexis : Non, non, on n'a pas le droit de dire son nom.

Question : Et tu as entendu un bruit avant que la maîtresse tombe par terre ?

Alexis : Oui, oui, un très grand bruit.

Question : C'était quoi, ce bruit ?

Alexis : Comme un pétard, mais plus fort. Je me suis caché sous la table, j'ai fermé les yeux très fort. J'avais peur que le vampire me trouve et me prenne mon sang aussi. Le vampire, c'est le bruit qui l'a réveillé, c'est sûr. Il était caché dans le placard, et c'est le bruit qui l'a réveillé.

Question : Et que faisais-tu avant le bruit ?

Alexis : La maîtresse voulait nous apprendre un nouveau poème. J'aime bien les poésies.

Question : Est-ce que tu as vu Ladji sortir un pistolet de son cartable ?

Alexis : Non, je regarde jamais Ladji et Manuel, sinon ils me traitent de cafard. Un vilain cafard qu'on écrabouille, ils disent. Anaïs aussi, elle dit cafard, cafard. Est-ce que le vampire va revenir ?

Question : Non, Alexis. Tu as vu le pistolet ?

Alexis : Oui, le pistolet, il était sur la table.

Question : Quelle table ?

Alexis : Notre table ! C'est les policiers qui l'ont pris. Moi, je voudrais pas retourner dans la classe, parce que j'ai trop peur que le vampire revienne me chercher.

Inspecteur Georges Crenne : Il n'y a pas de vampire, Alexis, je te l'assure.

Alexis Bref : Vous pourriez le tuer, vous, le vampire.

Inspecteur Georges Crenne : Je pourrais, mais il n'y a pas de vampire, Alexis. Aucun vampire.

Manuel

Cela fait huit jours que j'ai vu Adèle. Elle m'envoie deux messages. Je lui réponds que je cherche. Ce qui est vrai.

Sur mon temps de travail, je reconstitue la tablée. Enfin, ce qu'il en reste.

Alexis Bref bosse comme webmaster pour une start-up qui vend des chaussures pour pieds hors norme – comprenez pour obèses. Sa boîte est basée dans le IVe arrondissement. Il loge à Ivry.

Anaïs Pasquier s'est mariée. Elle est comptable pour l'entreprise de travaux de son mari. Elle habite toujours le XVe. Elle a trois filles.

Medhi Chouarri est décédé à l'âge de dix-neuf ans, à Toulon. Overdose.

Juliette Cornu s'est pendue il y a cinq ans. Dans la cave de sa maison de Vendée. Son époux et ses deux enfants dormaient à l'étage.

La mort par pendaison n'est pas un suicide habituel chez les femmes.

Cette fin me choque d'autant plus que je garde de Juliette, dont j'ai partagé la scolarité jusqu'au lycée, l'image d'une fille à qui la vie a tout donné. Sans doute que ce n'était pas assez, ou qu'il y avait sous ce visage lisse des failles et des aspérités invisibles.

À l'époque, elle et Anaïs sont le genre de filles populaires et décomplexées qui peuvent faire preuve d'une cruauté terrible lorsqu'on n'est pas dans leurs petits papiers. Ce qui est mon cas.

Elles ne commencent à s'intéresser à moi qu'en terminale, quand j'ai grandi, que ma voix a mué et que mes muscles se sont développés. Anaïs me fait des avances que je repousse. Je suis amoureux de Myriam, une élève de terminale S. Une fille moins belle qu'Anaïs, mais dénuée de son narcissisme. On reste ensemble deux ans, jusqu'à ce qu'elle parte étudier à Lille et trouve que je l'étouffe. Plus tard, elle ne s'inscrit pas sur « Copains d'avant ». Dommage, j'aurais bien aimé savoir ce qu'elle devient.

Des six enfants, il n'en reste donc que trois. Alexis, Anaïs et moi.

Une tablée à cinquante pour cent de perte. C'est énorme, de quoi alimenter la parano d'Adèle.

Je suis la trace de Camille Pascalin, un témoin plus neutre, en priant qu'elle soit en vie. D'elle, je me souviens d'une gosse bizarre. De sa bouche ne sortent que des sons inintelligibles qu'elle prononce pourtant avec la plus grande application. Ces onomatopées m'effraient. Madame Moineau apprend la langue des signes pour communiquer avec elle.

Je retrouve Camille à Fontainebleau où elle habite chez sa sœur et travaille dans un CAT. Son élocution n'a pas dû beaucoup s'améliorer ; en tout cas, pas assez pour lui permettre une vie autonome. Je dégote sans problème le numéro de portable de la frangine.

Entre deux dépôts de plainte, je me procure les rapports d'autopsie.

Celui de Ladji, onze ans, d'abord. Après les descriptions d'usage, le légiste conclut que la mort a été provoquée par un hématome sous-dural important.

Plus intéressant pour tranquilliser ma chercheuse : on a trouvé des résidus de tir sur ses mains, cheveux et habits.

Pour Marie Moineau, trente ans, c'est un projectile explosant le ventricule gauche qui a entraîné le décès. Mort quasi-instantanée, précise le légiste.

Le document mentionne la présence d'un embryon d'environ six semaines.

Je le range dans une chemise avec les PV de Jean-Baptiste Rémond et Anaïs Pasquier. Pas plus que les deux autres, Adèle n'en aura connaissance ; ce n'est pas par mon intermédiaire qu'elle apprendra que sa mère était enceinte lorsqu'on l'a abattue.

Manuel

Le lendemain, je me présente au siège de Shoes Big, le site de vente en ligne de chaussures pour pieds hors norme. C'est au second étage d'un immeuble ancien de la rue Vieille-du-Temple.

Après mon coup de sonnette, une femme blonde en jean et top noir m'introduit dans un couloir encombré de cartons. Je l'informe que je viens rendre visite à Alexis Bref. À quel titre ? s'enquiert-elle. Je réponds que c'est personnel, je suis un ami d'enfance.

Le terme exact serait plutôt « ennemi d'enfance ».

Pendant toute sa scolarité en école primaire, je suis, avec Ladji, le bourreau d'Alexis. Tout chez lui nous est sujet à raillerie : ses cheveux roux, sa peau laiteuse et sa grosse tête ballottant sur son torse maigre. Ses grandes jambes qui s'emmêlent, son incapacité à attraper un ballon, à nager sans boire la tasse. Son patronyme, ses vêtements BCBG, ses lunettes d'Agnan. Ses affabulations (son père par exemple serait chasseur de lions – il est assureur), sa diction efféminée qui nous arrache, lorsqu'il récite, des hurlements de rire que madame Moineau n'arrive pas à stopper.

Alexis est notre souffre-douleur. Une bête noire qui, avec une candeur désolante, ou un inconscient masochisme, revient sans cesse vers ses harceleurs, comme si sa constance allait finir par les amadouer.

Nous redoublons de méchanceté.

J'ai une raison particulière de le martyriser. Ma mère fait des ménages chez lui. Le soir, elle nous raconte la splendide maison d'Alexis, les chemises si fines de son père, la générosité de sa mère qui ne lui retient pas une heure quand elle part dix minutes plus tôt pour aller, à l'école, chercher Joaquim qui a vomi.

Encore plus que la différence de statut social, l'enthousiasme naïf de ma mère est une humiliation. Le soir, au dîner, je contemple les poings toujours blancs de plâtre de mon père et espère chaque jour qu'ils vont se fermer et taper sur la table. Mais mon père boit sa soupe, indifférent au babil de sa femme.

Je déteste Alexis Bref.

C'est ma lutte des classes à moi.

C'est lui qui prend, c'est comme ça.

En sixième, fini de frayer avec le peuple, ses parents inscrivent Alexis dans le privé.

La blonde, plutôt bien roulée, ouvre une porte qui donne sur ce qui doit être une salle de réunion et me prie d'y patienter.

Je fais le tour de la pièce. Des tables en cercle, un chevalet avec des feuilles de papier brillant et l'inévitable machine Nespresso.

Vue sur la rue, ses trottoirs pavés et ses vendeurs de falafels.

Un parquet sombre recouvre le sol, des moulures frisent sous le haut plafond.

Au bout de dix minutes, Alexis paraît. Croisé dans la rue, je ne l'aurais pas reconnu. Sa maigreur s'est changée en sveltesse. Sa peau a foncé, ses cheveux, un peu clairsemés, aussi, virant sur l'auburn. Ses yeux bleus sont chaussés de lunettes rectangulaires à monture épaisse. Je lui rends une demi-tête.

Dans sa chemise immaculée dont les pans dépassent sur un slim beige, il a une certaine allure.

Il fronce les sourcils, demande si on se connaît. Sa voix de fausset s'est envolée. Je me présente. Son visage s'éclaire, puis se rembrunit, comme s'il se souvenait, de sa victimisation ou du meurtre, je ne sais.

– Manuel Ferreira, ça fait un bail.

– Vingt-cinq ans.

– Un café ?

– Volontiers.

Il enfourne une capsule dans la machine en me demandant ce que je deviens. Policier ? Le percolateur glougloute. Il ne m'imaginait pas dans la police ; je n'étais pas vraiment du genre à respecter les règles. Alexis me tend une tasse en me priant de m'asseoir.

Je m'exécute.

– Qu'est-ce qui t'amène ? Sucre ?

Il prend place à l'angle de la table tout en me présentant un sucrier que je repousse. Je n'ai pas sa constitution de brûleur de glucides.

– Une jeune femme va venir te parler. Elle s'appelle Adèle Lemeur. C'est la fille de madame Moineau.

La tasse d'Alexis reste en suspens.

– La fille de... Qu'est-ce qu'elle veut ?

– Elle avait cinq ans au moment des faits. Elle interroge les témoins, elle voudrait savoir ce qui s'est exactement passé dans la classe, ce jour-là.

– Vingt-cinq ans après ?

– Vingt-cinq ans après. Et elle est... suffisamment perturbée comme ça. Je ne voudrais pas que quelqu'un en rajoute une couche.

Alexis touille son café.

– Qu'est-ce que tu veux dire par là ?

– Quand elle viendra te parler, évite les fioritures. Tiens-t'en à la version officielle.

– Ladji Keita ?

J'opine. À neuf ans, Alexis Bref est le plus gros mytho de la galaxie. Qu'en est-il à trente-cinq ?

– Oui, tu peux aussi dire que tu n'as rien vu, ce qui est sans doute la vérité.

– La vérité… ce qui t'arrangerait surtout.

Alexis se carre contre le dossier de son siège et me considère avec un rictus moqueur.

– Et pourquoi je ferais ça ?

– Parce que je te le demande.

Alexis s'esclaffe.

– Okay, Clint, ta petite copine, je vais lui raconter la version officielle… ou pas. Ouais, peut-être que je vais lui raconter la vérité.

– Quelle vérité, Alexis ? Si je me souviens bien, t'étais sous la table et t'as fait dans ton froc.

– Mais j'ai plus neuf ans, Manuel. J'ai plus peur. Je ne suis plus ton souffre-douleur. Cette fille, je lui raconte ce que je veux.

Il se penche vers moi en plissant ses yeux bleu pisseux.

– Si elle vient me voir, je lui raconte ma version, avec les fioritures.

Je sens une sueur froide perler à mes tempes.

– Si tu déconnes avec Adèle, je vais te pourrir la vie.

– On n'est plus dans la cour de récré, Manuel. Tu n'es plus avec ton copain Ladji, alors arrête de rouler des mécaniques. Ce n'est pas un petit flic de quartier qui va me faire peur.

Il porte sa tasse à ses lèvres narquoises.

– Santé, Manuel !

Le salaud jubile, trop content, vingt-cinq ans après, de tenir sa vengeance sur cinq années de brimades. En un bond, je suis sur lui et l'attrape par le col. Il expulse une gorgée de café qui éclabousse sa belle chemise blanche. Sa figure vire au livide comme au bon vieux temps d'Alexis le cafard.

– Tu ne peux pas savoir le pouvoir de nuisance d'un petit flic de quartier, Alexis. Alors, quand Adèle va venir, ta grande gueule, je te conseille de la fermer. À double tour. Et si tu lui dis que je suis passé, tu es mort.

J'envoie sa grande carcasse s'écraser avec fracas sur le parquet. Ses lunettes de marque valsent. Une auréole sombre éclot sur l'entrejambe de son jean slim. Il se recroqueville au sol, poussant des gémissements de bête apeurée. Poings serrés, je retiens une furieuse envie de bourrer de coups de pied Alexis le cafard.

Des chaises raclent dans la pièce adjacente.

La blonde surgit et crie que je suis fou.

Un type aux traits asiatiques dégaine son portable.

Je dévale l'escalier.

Je remonte la rue Vieille-du-Temple vers Châtelet. Mon téléphone se déchaîne dans ma poche. C'est Julien. Il veut que je me radine *fissa* sur une constatation de cambriolage. Une pharmacie avenue du Maine. Il en a marre de couvrir mes absences. Sur les trottoirs de la rue de Rivoli, je slalome entre les badauds qui déambulent en T-shirt. Je transpire dans mon blouson de cuir. Place de l'Hôtel-de-Ville, je m'engouffre dans le métro. Je suis inquiet. J'ai fait très peur à Alexis le cafard, mais est-ce que ce sera suffisant ? Je n'en suis pas sûr.

La rame entre dans la station. La ligne 1 est bondée comme d'habitude. Julien me harcèle au téléphone.

Préoccupé, je me fraie un chemin jusqu'à la porte opposée contre laquelle je m'appuie. Il va pourtant bien falloir que je lâche quelques éléments à Adèle, sous peine d'entretenir ses doutes.

*

Vers 19 heures, je vais à l'hôpital. Cela fait plusieurs jours que je n'ai pas rendu visite à Joaquim. Chaque fois, c'est une épreuve. Mais je suis un bon petit soldat, qui ne se dérobe pas devant ses responsabilités.

J'emprunte l'ascenseur, repousse plusieurs portes battantes vers l'unité de soins intensifs. Des néons blancs éclairent ce dédale aseptisé. L'odeur médicamenteuse douceâtre assaille mes narines.

Ma mère se tient de dos dans le couloir, son pardessus noir enfilé alors qu'il fait une chaleur à crever. Mon cerveau se met en alerte. Lorsque j'effleure son épaule, elle tourne vers moi un visage ravagé de larmes. Un étau glacé serre ma nuque. Elle balbutie la nouvelle que j'attends et redoute à la fois.

– Son cœur s'est arrêté.

Je n'aurais jamais cru que ça fasse si mal. Mes genoux tremblent ; Je vais devoir m'asseoir. Je m'adosse au mur, glisse jusqu'au carrelage.

Ma mère s'accroupit et m'étreint les mains.

– Ils s'occupent de lui. Tout n'est pas perdu.

Je la regarde sans comprendre, puis je pousse un cri et me lève d'un bond. Je cours à la chambre de mon frère. On me barre le chemin. Derrière la vitre, j'entends les machines qui protestent. Non, on ne leur fausse pas compagnie comme ça. J'aperçois des infirmières et un médecin au-dessus du corps sans vie, les électrodes pataudes du défibrillateur en suspens.

La poitrine de Joaquim se tord.

La ligne verte frémit, hésite. Le médecin réitère la manœuvre. Encore, et encore. Rétif, le corps vide se cabre.

Encore, et encore.

Je hurle de rage. Je donne un coup de poing sur la vitre qui vibre comme si elle allait se briser.

Ils le réaniment ! Ces putains de toubibs le réaniment !

Une infirmière m'attrape le bras. Ça va aller, m'assure-t-elle. Je me dégage avec violence. Ma mère me dévisage, les yeux rougis plein de compassion. Ça va aller, Manu. Maman qui ne comprend rien à ma colère, comme elle n'a jamais rien compris. Pauvre maman.

Un médecin sort de la chambre, le souffle court.

– Ça va aller, il repart.

Je frappe encore la vitre. Non, ça ne va pas aller. Ma mère étouffe un sanglot.

– Merci, merci...

Merci. Son fils est vivant. Elle va encore pouvoir le toucher, le sentir, lui parler. Tant pis si ce n'est qu'une enveloppe froide, ou pire, une prison de chair.

Un goût de bile afflue dans ma bouche. Je cours, je m'enfuis.

Je marche longtemps dans Paris. Je ne sais pas si c'est moi le monstre, ou si ce sont les autres.

Mais je sais ce qu'aurait voulu mon frère. J'entends ses reproches. Tu n'as rien fait, Manu.

Comment lutter, Joaquim, contre l'égoïsme de l'amour maternel, sa légitimité ? Comment me battre seul contre la toute-puissance médicale ?

Sans que j'y réfléchisse mes pas me mènent vers la porte de Vanves. Le jour décline lorsque je saute dans un bus qui file, à moitié vide et brinquebalant, vers Clamart.

En bas de l'immeuble d'Adèle, j'hésite. Les fenêtres du 7e sont allumées. Je traverse la rue déserte. Dans le hall, alors que j'examine les noms sur l'interphone, la porte vitrée s'ouvre sur un grand gars blond en costard. Je saisis le battant de verre au vol. Un sac de sport bourré à craquer sur l'épaule, un casque de l'autre côté, le type s'éloigne à grandes enjambées nerveuses. Cela dure une seconde, mais je le reconnais. Emeric Lemeur, le mari d'Adèle. J'ai mené ma petite enquête sur lui aussi. Trente ans, comme sa femme. Ils se sont rencontrés en fac de médecine. Internat d'ophtalmologie. Il ouvre son cabinet l'année dernière. Sportif, travailleur, une secrétaire très moche. L'époux idéal.

Je sonne. Le joli visage courroucé d'Adèle paraît. Elle ouvre la bouche comme pour m'engueuler, me reconnaît et se radoucit. Manuel. Sur ses lèvres, mon nom est un murmure très doux, un ruisseau frais comme un baume.

Adèle s'efface pour me laisser entrer. Je hume son parfum aux notes de muguet. Elle porte des chaussons à nœuds, un pantalon gris ample et un caraco blanc sous lequel ses seins affleurent à peine.

– Je viens de croiser votre mari.

– Il… Il est venu chercher quelques affaires, et me donner la date de la conciliation. Comment l'avez-vous reconnu ?

J'ai du mal à réprimer un sourire de contentement.

– On dirait que ça avance bien cette petite affaire…

Je pénètre dans la pièce principale, plongée dans la pénombre. La décoration est moderne, le canapé en cuir et les meubles en bois massif. Une baie vitrée s'ouvre sur un balcon, et sur Paris illuminé. On ne se mouche pas du coude chez les Lemeur. Emeric le cafard ? Ça sonne bien aussi.

– Vous pourriez faire preuve d'un peu plus de délicatesse, je traverse un moment difficile.

Je me retourne, la dévisage. Je ne crois pas que son divorce l'affecte tant que ça. Le ton de sa voix est indigné, mais ses yeux de biche pétillent dans l'obscurité.

– Je ne vais pas pleurer parce que vous redevenez célibataire.

Les coins de ses lèvres se retroussent. Ma manière directe lui plaît.

– Vous avez une tête de déterré.

– Comme je vous l'avais promis, j'ai fait des heures sup pour vous.

Je sors de ma poche la feuille sur laquelle j'ai griffonné les coordonnées d'Alexis Bref et Camille Pascalin, et le rapport de la police scientifique. Elle me remercie puis me propose quelque chose à manger, ou à boire. Je ne bois jamais d'alcool fort, mais exceptionnellement, j'accepte un whisky.

Adèle actionne le bouton play de la station de son iPhone. La voix lascive d'une chanteuse de jazz sourd des enceintes. Mon hôtesse ouvre un bar secret de ses doigts effilés.

– Avec glace ?

– De préférence.

Je m'assieds sur le canapé moelleux, un tapis persan et Paris à mes pieds. Si loin, la tour Eiffel illuminée semble l'un de ces bibelots vendus à la sauvette.

Après un détour par la cuisine, Adèle me rejoint, dépose sur la table basse deux verres dans lesquels s'entrechoquent des glaçons. La pénombre et la musique jazzy nous enveloppent comme un cocon. J'ai une pensée amère pour Joaquim, dans sa chambre sur-éclairée.

Je ferme mes paupières lasses. Lorsque je les rouvre, Adèle s'est lovée de biais sur les coussins, tournée vers moi. Déjà offerte. Déjà ouverte. Dans mes veines, le flot s'accélère, s'ensauvage. Nos yeux s'agrippent. Je la contemple, je la déguste. Ses boucles brunes, sa peau diaphane, ses attaches fines, tout m'attire comme un fou. J'aime déjà ses tétons qui se dressent sous le tissu blanc, sa taille svelte qui ploiera dans mes bras, sa bouche pleine sur laquelle je passerai mes doigts, de laquelle j'entendrai prononcer mon prénom, non plus murmure de ruisseau, mais tumulte de torrent.

Pourtant je ne bouge pas. Je reste inerte, les paumes moites collées au cuir, tel un blessé dont le moindre mouvement exacerbe les souffrances.

C'est Adèle qui pose sa main sur ma joue, ses lèvres douces sur les miennes. Elle se détache, se recule un peu et m'examine comme pour me demander la permission d'un baiser plus appuyé.

Qu'elle m'offre.

Que je lui rends.

Adèle

Hier soir, ça ne se déroule pas comme je le raconte à Manuel. Je suis en train de faire des recherches sur Internet dans ma chambre lorsqu'Emeric entre dans l'appartement. Je ne dirai pas que sa visite me fait plaisir. Je me lève en soupirant.

Il est planté dans le salon, les mains dans les poches de son pantalon et semble inspecter les lieux. Il croit que j'ai refait la déco en une semaine ?

Emeric me demande si j'ai reçu la lettre de son avocate.

Je le rassure tout de suite, j'ai bien reçu la missive, je serai au rendez-vous. Un divorce à l'amiable, cela me semble une bonne idée. Rapide et peu coûteux. Je ne connais pas son avocate, mais je suis sûre qu'elle fera l'affaire. Nous n'avons pas de patrimoine commun. Le loyer de l'appartement est trop cher pour que j'y reste, mais, avec ma part de la maison de Bagneux, je pourrai m'acheter un studio. Je vais sans doute écourter ma disponibilité, mes recherches sur « cette vieille histoire » avancent bien…

Je me tais soudain. Emeric reste figé au milieu de la pièce, anormalement silencieux. Un pli d'amertume déforme ses lèvres fines.

C’est seulement à ce moment-là que je remarque le sac de sport. Plein. Et les cernes sous ses yeux.

Alors j’ai pensé à tout, ricane-t-il. J’ai organisé ma petite vie sans lui. Tout est planifié, organisé, plié.

Je baisse les yeux sans répondre. Je dois le reconnaître, depuis dix jours qu’il est parti, Emeric ne me manque pas. Pas un seul instant.

Nous avions pris l’habitude de vivre l’un à côté de l’autre. Son cabinet, mon labo. Son tennis, mes bouquins… Nos rares moments communs viraient à la confrontation. Depuis qu’il est parti, l’appartement est devenu le havre qu’il aurait toujours dû être.

Mais, lui fais-je remarquer avec un brin d’agacement dans la voix, c’est lui qui est parti. Je ne lui ai pas laissé le choix, marmonne-t-il.

Emeric s’approche de la baie vitrée, s’attarde sur la vue qu’il connaît par cœur. Il faudrait peut-être qu’on réfléchisse encore, propose-t-il, une main sur la paroi glacée.

– Tu ne dis rien ?

Je ne dis rien. Je ne ressens rien.

– Tu ne vas pas me dire un mot ? insiste-t-il. Ça va se finir comme ça ? Tu vas jeter dix ans de bonheur comme ça ?

Je suis muette. Je suis la statue de sel.

Emeric et moi nous rencontrons sur les bancs de la fac de médecine. Je suis flattée que cet étudiant brillant, beau garçon, s’intéresse à moi. D’ailleurs, j’ai vingt ans, il est temps de prendre un petit ami. Dans mon entourage, on commence à se demander si je n’ai pas une tare cachée. Emeric est mon premier amant. Nous préparons l’internat ensemble. Je m’en souviens comme d’une époque heureuse, d’intense communion intellectuelle dans ma petite chambre de la maison de Bagneux où Emeric passe plus de temps que chez ses parents.

Le concours en poche, nous emménageons dans un studio près de l’Hôtel-Dieu. Emeric se révèle difficile à vivre, mais j’arrondis les angles. Je m’habitue à ses sautes d’humeur. Est-ce ça, l’amour ? Et puis, il y a encore les longues heures d’étude côte à côte, les discussions passionnées sur notre toute nouvelle expérience hospitalière.

Nous devons nous marier. Emeric et ses parents y tiennent. En grande pompe. Je suffoque et refuse tout net. Après moult tractations, intercession de papa, l'assemblée est réduite de cent vingt à quarante personnes. Je deviens, pour la famille d'Emeric, une gamine capricieuse. Qui ne mérite pas leur parfaite progéniture.

Nous emménageons à Clamart. J'entre au CNRS, Emeric ouvre son cabinet. Nos chemins divergent. Les disputes s'amplifient. À la moindre anicroche, mon époux me menace de divorce. Au début, cela m'effraie. Ensuite, je n'y fais plus attention.

J'ai aimé mon mari, je crois, ou n'était-ce qu'une sorte d'attachement, mais est-ce différent ? Ce soir, j'ai devant moi un étranger, un étranger avec des désirs, des aspirations qui ne sont pas les miennes. Pire, un étranger dont le sort m'indiffère.

– Je crois que c'est mieux que je te rende ta liberté.

Emeric transpire dans son costume bleu marine. Il tire sur son nœud de cravate. On dirait un garçon grandi trop vite, un chien perdu, un oisillon tombé du nid. Je serais touchée si je n'étais une statue de sel.

– Alors c'est fini ? C'est vraiment ce que tu veux ?

– C'est ce que tu voulais aussi, Emeric. C'est toi qui es parti. C'est ton avocate qui m'a envoyé la lettre de conciliation...

– Tu ne m'as pas laissé le choix.

Emeric tourne vers moi des yeux mouillés qui me dégoûtent.

– Je n'en reviens pas... Que tu sois si... inhumaine. Moi qui étais venu te proposer de tout annuler, de prendre un nouveau départ. On aurait pu partir quelques jours, et aller à Saint-Gervais dans cet hôtel que tu avais tant aimé...

Le sel qui coule dans mes veines me brûle.

– C'est trop tard, Emeric.

– On se dispute, mais on s'aime, non ?

– Va-t'en. S'il te plaît.

*

Au milieu de la nuit, je sors d'un sommeil agité. Couché sur le ventre, Manuel respire doucement à côté de moi. Sa peau brune se détache sur le drap blanc. Je résiste à l'envie d'y poser les lèvres de peur de l'éveiller.

C'est donc si facile de passer d'un homme à un autre ? Est-ce que c'est ça, la légèreté ?

Faire l'amour avec Manuel, ce n'est pas léger, c'est dense et profond, c'est comme tomber dans un gouffre sans fond.

Il fait chaud dans la chambre. Je me lève, entrebâille la fenêtre et hume un filet d'air. La ville endormie émet des bruits ouatés, des hoquets de bébé-ville.

Je me retourne. Manuel n'a pas bougé. Nos habits sont éparpillés au sol. Dans un coin, je repère son holster. Je m'agenouille et extrais l'arme avec précaution. À plat dans ma main, elle est lourde et froide. J'attrape la crosse, braque une personne imaginaire dans la pénombre. C'est ainsi que Ladji a fait. C'est ainsi qu'il a tiré sur maman.

Une main s'abat sur le pistolet, fait ployer mon bras.

– Qu'est-ce que tu fabriques ? chuchote Manuel.

– Rien. Je voulais sentir ce que ça faisait de brandir un pistolet. Est... est-ce que c'est avec une arme comme celle-ci que ma mère a été tuée ?

– Non, non, pas vraiment, c'était un Beretta 92, répond-il sans hésiter.

Nous sommes nus sur la moquette. Peaux brune et blanche mélangées. L'arme est toujours entre mes mains.

– Tu n'as pas peur ?

– Peur de toi ?

– De moi armée. Le coup pourrait partir, je pourrais te blesser sans faire exprès.

Il glousse.

– Il faudrait déjà que tu saches enlever les sécurités.

– Il n'y a pas de sécurité sur un Beretta ?

– Bien sûr que si.

– À dix ans, Ladji savait les enlever ?

– On apprend beaucoup de chose dans la cité.

– Tu m'emmèneras là-bas ?

– Je ne crois pas qu'un flic soit le meilleur guide que tu puisses trouver pour visiter une cité.

– Comment ça ?

Il me considère avec une tendresse ironique.

– Adèle, de quelle planète tu débarques ?

Ses yeux glissent sur mes seins, mon ventre, la toison sombre sur laquelle repose son arme. D'une main, il m'ôte le pistolet tandis que l'autre fait ployer ma taille et m'attire contre sa chaleur. Ses lèvres affamées cherchent les miennes qui soupirent déjà. Manuel.

Adèle

Le lendemain, lorsque je m'éveille, Manuel s'habille. Il enfile son T-shirt à la hâte. Il est à la bourre. Un genou sur le lit, il prend le temps de poser un baiser sur mes lèvres avant de disparaître.

Je paresse un peu sous la couette, me repassant le film d'hier. Manuel est un amant expérimenté et adroit, mais, surtout, je n'en reviens pas de mon audace. Je ne sais pas ce qui m'excite le plus, du désir fougueux de Manuel ou de mon culot de « gourgandine ».

Au bout d'un moment, j'enfile ma nuisette et gagne la cuisine.

Le café percole doucement emplissant la pièce de son arôme. Sur le frigo traîne une vieille liste de courses rédigée par Emeric. Les pieds nus sur le barreau d'une chaise, je lis devant moi le document fourni par Manuel. La poudre prélevée sur la peau de Ladji prouve sans conteste qu'il est le tireur. L'espace d'un instant, l'idée que ce document puisse être un faux me traverse l'esprit. Mais dans quel but ? Manuel a raison, mes doutes sont absurdes.

Il y a aussi les coordonnées d'Alexis Bref et de la sœur de Camille Pascalin. J'ai envie d'entendre leur témoignage, qu'ils me parlent de ma mère. Et de Ladji. Cet enfant meurtrier est une énigme. Un bloc de mystère qui m'oppresse. J'ai l'impression qu'il me faudra le soulever tout à fait pour vivre pleinement. Librement.

Mais, déjà, je respire mieux. L'enquête me fait progresser, dans tous les sens. Je n'aurais pas mis Emeric dehors, je n'aurais jamais embrassé Manuel, avant.

Le grille-pain éjecte un toast. Je l'enduis de beurre allégé tout en poursuivant ma réflexion. Juliette Cornu et Medhi Chouarri sont morts. Toujours rien sur Anaïs Pasquier et Baptiste Rémond. Manuel m'assure qu'il poursuit ses recherches. De mon côté, je n'ai rien trouvé sur la toile que j'écume comme un baleinier à la recherche du cachalot blanc.

Je vérifie que l'heure est décente et numérote sur mon portable. Je laisse un message sur le répondeur de la sœur de Camille l'enjoignant de me rappeler et décroche un rendez-vous avec Alexis dans un café du Marais près de son boulot.

Tout en relisant le rapport sur les résidus de tir, je me verse une tasse. Nulle part, il n'est mentionné le type d'arme utilisée. Comment Manuel sait-il qu'il s'agit d'un Beretta ? Cette nuit, sa réponse a fusé comme une évidence. Il a dû le lire sur un autre document. Manuel, mon bel amant, me cacherait-il des choses *pour mon bien* ?

Un peu plus tard, alors que je m'apprête à sortir pour mon rendez-vous avec Alexis Bref, le fixe se déchaîne. Je consulte l'écran. Charline. Ou Angeline. J'hésite, puis finis par décrocher.

– Salut, Dèle. C'est Ange.

– Salut, Angeline.

Je déteste qu'elle m'appelle Dèle, ma sœurette ne supporte pas qu'on la nomme Angeline.

– Avec Charlie, on organise une petite fête surprise pour le départ de papa dans la maison de Bagneux. On s'est dit que ça serait cool que tu passes avec Emeric.

Je tique un peu. Je n'aime pas les surprises. Mais ce n'est pas pour moi, c'est pour mon père qui n'en raffole pas non plus, mais n'est qu'indulgence avec ses filles cadettes.

– C'est quand ?

– Ce soir. On a invité des amis, des collègues de papa, les voisins, tout ça…

Et, in extremis, sa fille aînée, cinquième roue du carrosse. Je retique.

– C'est gentil de me prévenir au dernier moment.

Silence au bout du fil. Puis :

– Vu qu'en général tu refuses nos invitations…

Je n'aime pas les fêtes. Plus de trois personnes dans la même pièce, c'est une torture pour moi. Je ne comprends pas cet instinct grégaire, ce désir constant de célébration. J'ai déjà la nausée à la pensée de la maison de Bagneux transformé en poulailler, dégueulant de fêtards éméchés avec Angeline et Charline en poulettes en chef.

– Je n'ai jamais refusé les invitations quand il s'agit de Papa.

– On n'était pas obligées de t'inviter, se défend Angeline. C'est notre idée, pas la tienne.

En fin de compte, je dois m'estimer heureuse.

– Vous êtes vraiment trop gentilles !

Le ton monte d'un cran, comme souvent entre nous.

– Avec Charlie, on sait bien que t'aimes pas nos fêtes. En réalité, t'aimes rien chez nous. On sait bien ce que tu penses de nous.

Avec une clairvoyance qui me surprend, ma sœur assène :

– Tu peux pas à la fois nous mépriser et vouloir qu'on t'aime.

Je digère en silence le diagnostic d'Angeline. Elle n'a pas tort. Je ne peux pas leur reprocher ce désamour sororal que j'éprouve également.

– On t'invite juste pour Papa. Alors, tu viens, ou pas ?

Je lâche du bout des lèvres :

– Je pense que je ferai un tour.

*

Alexis Bref est un homme inquiet, qui a voulu s'asseoir dos au mur et jette de fréquents coups d'œil à la porte, un peu comme si la mafia était à ses trousses. Il porte une chemise en jean retroussée aux manches qui dévoilent des bras minces constellés d'éphélides. Nous commandons deux expressos.

Pendant une heure, j'essaie de lui extraire les vers du nez, mais Alexis a oublié. De son PV, il ne se souvient pas. De ma mère, il n'a que de vagues réminiscences. Il ne garde de cette époque qu'une sensation diffuse de mal-être, qui, encore aujourd'hui, le fait transpirer.

Je tente d'en savoir plus sur Ladji. Du bout des lèvres, il m'apprend qu'il est arrivé en début d'année. Était-il rejeté, à cause de la couleur de sa peau, de son accent ? (C'est mon hypothèse première, un garçon harcelé qui pète les plombs.) Alexis ouvre de grands yeux. Pas du tout. Ladji avait même de nombreux amis dans la classe. Je demande lesquels. Alexis se ferme comme une huître.

Je veux savoir si Ladji se montrait violent. Mon interlocuteur secoue la tête, de plus en plus mal à l'aise. Pas plus que les autres, lâche-t-il avant de consulter sa montre. Ignorant son geste, j'enchaîne : Se souvient-il d'un certain Manuel Ferreira ? Alexis semble se liquéfier. Non, ça ne lui dit rien. Il doit vraiment partir, il a largement dépassé son temps de pause.

Perplexe, je le regarde déplier sa longue carcasse et s'éloigner à grands pas. Pourquoi tant d'inquiétude ?

Je suis déçue, mais à quoi m'attendais-je ? Que, vingt-cinq ans après, ses petits camarades m'aident à percer le mystère de Ladji ?

Mon portable se met à vibrer. C'est Manuel.

– On se voit, ce soir ?

– Je ne peux pas, je suis invitée à une... fête pour le départ de mon père.

– On peut se voir après...

– Oui, peut-être. Je t'appelle quand je sors. Je ne vais pas rester longtemps.

– Ou alors je t'accompagne, c'est plus simple.

Je suis prise d'un rire nerveux.

– C'est un peu tôt pour te présenter à mon père, non ?

– C'est toi qui vois.

Papa va être surpris. La sage Adèle qui se dévergonde… J'imagine l'air médusé d'Angeline et Charline en m'apercevant au bras de Manuel. Ce n'est pas pour me déplaire.

– Vingt heures chez moi ?

*

Manuel gare sa voiture dans la ruelle. Nous parcourons cinquante mètres sur des pavés inégaux mal éclairés par des lampadaires faiblards. La maison de mon enfance se dresse au bout de la voie.

Massive, elle n'a rien d'élégant. C'est un cube de meulières jeté au milieu d'un jardinet. Un toit peu caréné ajoute à son allure pataude. Des fenêtres ouvertes s'échappent musiques syncopées et lumières stroboscopiques. Impossible d'échapper à la joie tonitruante de mes sœurs et leurs invités.

Je serre le bras de Manuel. Sous son blouson de cuir, il a troqué son T-shirt contre une chemise blanche qui met en valeur son teint hâlé. Je suis contente qu'il soit là, solide, pour faire rempart entre le bruit du monde et moi. Manuel n'est pas effrayé, ça ne l'inquiète pas de se diriger vers un lieu nouveau grouillant d'inconnus. Je décèle même dans son pas décidé, son biceps tendu, une certaine excitation.

Nous empruntons la volée de marches du perron et pénétrons directement dans le salon. Les meubles ont disparu dévoilant des murs sales. Sur le parquet se déhanchent des bimbos peroxydées. Je me demande soudain si c'est une bonne idée d'avoir amené Manuel ici. Un peu plus loin, je repère quelques têtes blanches, collègues de mon père et alibi de mes frangines pour organiser cette fiesta avec leurs amis. Nous restons plantés dans l'indifférence générale. Je cherche mon père des yeux, un petit mot, et basta. Enfin, je le localise près de la planche posée sur tréteau qui tient lieu de buffet et vers laquelle j'entraîne Manuel.

La nappe blanche en papier maculée de taches regorge d'assiettes de graines salées et de gobelets vides. Un gros saladier empli de punch trône au milieu. Un verre à la main, mon père avale des cacahuètes en discutant avec une très petite femme d'une cinquantaine d'années vêtue d'une robe vert bouteille. Je pose ma main sur l'épaule paternelle. Mon père se retourne et son regard s'illumine.

– Adèle, ma fille !

Il m'embrasse sur les deux joues.

– Tu savais pour la fête ?

– C'était une surprise.

– Ah, les petites cachottières !

Il semble seulement remarquer Manuel et pose sur lui des yeux interrogatifs.

– Papa, je te présente Manuel Ferreira. Tu sais le policier dont je t'ai parlé.

– Ah, oui, c'est vous qui lui donnez des renseignements sur...

– Entre autres, répond Manuel en m'attrapant par la taille.

L'expression de mon père vire de l'étonnement à la franche incompréhension. Je pique un fard invisible dans l'obscurité.

C'est le moment que choisit une Charline très excitée pour débouler.

– Ah, t'es là !

Elle dévisage Manuel sans vergogne, glisse vers le bras qui ceinture mes hanches. Le coin de sa bouche se soulève.

– Euh, Dèle, tu peux venir cinq minutes.

Sans autre forme de procès, elle m'arrache à l'étreinte de Manuel et m'entraîne vers la cuisine.

Angeline est assise sur le plan de travail et suçote une paille plongée dans un verre de punch. Mes sœurs n'ont qu'un an d'écart et se ressemblent comme des jumelles. Seules leurs coiffures les différencient. Cheveux en pétard pour Charline, longs avec des mèches roses pour Angeline. Elles portent toutes les deux des tops courts qui dévoilent leur nombril. Leurs jambes fusellent sous des leggings noirs.

Comme le salon, la cuisine a été vidée. Il ne reste plus que les placards et l'évier qui déborde de bouteilles vides. Mon père n'a jamais rien changé dans cette pièce et les meubles en mélaminé étaient déjà démodés lorsque j'étais petite. L'ampoule nue ajoute au côté sordide du lieu.

– Tu sais pas la nouvelle, Ange ? Dèle a un nouveau mec.

– Sans blague, fini Emeric et son balai dans le cul ? Je commençais à désespérer.

– En plus, il est canon, dans le genre beau ténébreux.

Leur élocution pâteuse, leur regard brillant m'indiquent qu'elles n'en sont pas à leur premier verre. Je ne tiens pas à m'éterniser :

– Bon, qu'est-ce que vous voulez ?

Charline ouvre un placard, en extrait un paquet et une enveloppe.

– On a un cadeau de départ pour Papa. On s'est dit que ça serait mieux si tu participais. Et comme ça, tu pourras signer la carte.

– Qu'est-ce que c'est ?

– Une tablette.

Ce n'est pas ce que j'aurais choisi pour Papa, mais après tout...

– J'ai pas d'argent sur moi, je vous enverrai un chèque.

– On peut demander à ton copain, suggère Angeline.

– Non, on peut pas. Ça fera combien ?

– Cent euros. Tu peux te le permettre avec ce que va te rapporter la vente de la maison.

Une pointe d'envie affleure sous les propos de Charline.

– C'est la part de ma mère, elle me revient.

– Vous allez divorcer avec Emeric ? demande Angeline à brûle-pourpoint.

– Apparemment.

– Eh Dèle, comment tu l'as pêcho ton copain ? s'enquiert Charline.

– En tortillant du cul, tiens ! explose Angeline dans un rire gras.

– Ah, elle sait le faire alors !

– Vous êtes pitoyables à vous mettre dans cet état !

– Tiens revoilà la mère supérieure ! raille Charline.

Je signe la carte et la lui rends.

– Voilà, et je ne tortille pas du cul.

– Contrairement à nous, c'est ça ?

– Tu lis dans mes pensées, Angeline.

– Eh, ouais, chez nous on tortille du cul de mère en fille, et ça nous fait des belles fesses ! déclare Charline en se flattant la croupe.

Je décide de quitter la cuisine pour fuir cette affligeante discussion quand Angeline lâche :

– Remarque, Charlie, « feu la mère » de Dèle tortillait aussi et pourtant Adèle a les fesses plates.

Angeline a entouré l'expression de guillemets avec ses doigts.

Charlie explose de rire. Je fais volte-face :

– Qu'est-ce que vous voulez dire au sujet de ma mère ?

– Tu crois que « feu ta mère » était une sainte, Dèle ? Pas plus qu'aucune de nous trois.

– Arrête, tu vas la faire pleurer, proteste Angeline, faussement désolée. La petite orpheline...

Je m'enfuis sous le rire moqueur de cette hydre à deux têtes. Je suis furieuse que ces ivrognesses osent salir la mémoire de ma mère.

J'ai huit ans lorsque Charline naît. Angeline voit le jour un an plus tard. D'emblée, je souffre d'une jalousie indicible. Elles ont une mère, je n'en ai pas, c'est une injustice dont je ne me remettrai jamais.

Mon statut d'orpheline a cependant des avantages. Il me confère une aura particulière, une supériorité dans le malheur. J'en use et abuse pendant quelques années, tenant ainsi les pestes en respect. À l'âge de dix ans, Charline dynamite l'estrade sur laquelle j'étais grimpée. Fini la relative tranquillité, le respect dévolu à mon âge et le grand désastre qui m'a frappé jadis.

La guérilla s'installe. Plus je méprise leur déjà grande frivolité, plus elles éreintent mon sérieux, mes brillantes études, mon blond petit copain. Puis elles s'en prennent à ce que j'ai de plus précieux. L'expression « feu ta mère » qu'elles dénichent je ne sais où, fuse dans leur bouche comme un grossier « nique ta mère » et me pique le cœur à chaque fois que je l'entends.

Mais elles n'avaient jamais été jusqu'à la dénigrer si brutalement. Je mets cet écart sur le compte de l'alcool et de leur dépit face à mon héritage.

Dans le salon, les danseurs sont survoltés. Je n'aperçois ni Manuel ni mon père. Je m'apprête à plonger en apnée dans la foule, mais me ravise et emprunte l'escalier, ma main glissant sur le bois lisse de la rampe comme je l'ai fait, enfant et adolescente, des milliers de fois.

Manuel

Une rouquine assez jolie me tend un verre de punch que je refuse malgré sa charmante insistance. J'évite les alcools forts ; ça diminue les réflexes, et toutes sortes de performances.

Remis de sa surprise, le père d'Adèle me considère avec une anxiété mal dissimulée. Je le laisse mariner dans son jus. Finalement, il se lance, criant pour couvrir la sono qui crache une musique latino :

– Vous allez vraiment l'aider à déterrer cet événement ?

Je saisis une cacahuète dans une coupelle et la gobe avec une désinvolture étudiée.

– Ouais.

Philippe Moineau termine son verre d'un trait et le repose sur la table avec brusquerie. Il me fait signe de le suivre à travers le magma des danseurs. Nous franchissons la porte-fenêtre ouverte pour nous retrouver sur une minuscule terrasse.

– C'est ridicule ! Complètement absurde vingt-cinq ans après.

– Ce n'est pas ce que pense Adèle...

L'air frais de la nuit nous enveloppe. Malgré sa nervosité, le vieil homme a de l'allure avec sa crinière blanche et sa haute silhouette.

Je cherche une ressemblance avec sa fille. Les pommettes marquées, peut-être.

– Adèle a toujours mis sa mère sur un piédestal. Il y a des choses qu'elle n'a pas besoin de savoir. Vous me comprenez ? Cela lui ferait trop de mal.

– Vous voulez parler de Jean-Baptiste ?

Les mâchoires du vieux lion se contractent. Il opine à contrecœur.

– Je ne vois pas pourquoi je lui en parlerais.

– Merci.

– Ne me remerciez pas. Un jour ou l'autre, les secrets vous explosent à la figure.

Le père d'Adèle me lance un regard douloureux, puis s'approche de la rambarde. Un rayon de lune laisse deviner le jardinet entouré d'une grille hérissée de pointes. C'est ici qu'Adèle a grandi, emmurée vivante dans le silence paternel.

– Je ne savais pas qu'on étudiait la psychanalyse dans la police, commence-t-il sarcastique. À moi de vous mettre en garde : cet événement a… desséché Adèle. Cela a fait d'elle une fille solitaire, aigrie, incapable de s'attacher vraiment. Pour se protéger, peut-être…

– Elle s'est pourtant mariée…

– Et Emeric était l'homme qu'il lui fallait. Mais je ne crois pas qu'elle l'ait épousé par amour, plutôt par convention, pour qu'on lui fiche la paix. Adèle n'aime personne.

– Merci pour l'avertissement… Beau-papa.

Dégoûté, je le plante là. Quel père est-on pour parler ainsi de sa fille ? Je plains Adèle, de tout mon cœur, je plains la petite fille incomprise qu'elle a été dans cette maison-fantôme.

À l'intérieur, les sœurs d'Adèle ont improvisé un concours de salsa. Hanches contre hanches, les couples se dandinent sur la piste. Ça ne me semble pas plus compliqué que le judo. Je me fraie un chemin jusqu'à la cuisine. Vide.

De retour dans le salon, mes yeux s'arrêtent sur l'escalier.

Souple comme un chat, j'avale le colimaçon.

La lumière cotonneuse d'un lampadaire éclaire la pièce. Adèle se tient au milieu, m'offrant son dos. Elle porte un pantalon noir fluide qui accentue sa finesse de brindille. Ses bras sont croisés sur un chemisier rouge, tache chatoyante dans la pénombre, comme un cœur palpitant. Le contraste est saisissant avec l'agitation du rez-de-chaussée. Les vers tristes de Victor Hugo le solitaire se rendant sur la tombe de sa fille semblent avoir été écrits pour ce moment.

Le plancher craque sous mon poids. Adèle se tourne à demi. Ses lèvres pleines esquissent un sourire, murmurent mon nom comme une évidence.

Ce n'est pas la fille la plus sexy de la soirée, mais c'est celle qu'on a envie de prendre dans ses bras. Je fais quelques pas, l'enlace, nouant mes mains sur son ventre plat.

Adèle se laisse aller contre ma poitrine. Je m'enivre de son odeur.

Elle dit adieu à la chambre de son enfance, m'explique-t-elle. Je lui demande si elle veut que je parte. Elle préfère que je reste.

Avec un pincement au cœur, je revois le réduit dans lequel Joaquim et moi dormons enfants. Un lit à étage et une vieille commode en constituent l'unique mobilier. Nous ne pouvons y jouer et semons nos petites voitures dans le salon, au grand dam de mon père qui pousse des gueulantes en rentrant du chantier. Ma mère raconte qu'un jour Joaquim échappe à sa surveillance et grimpe l'échelle jusqu'au lit perché. Elle l'y découvre avec frayeur, tranquillement assis au bord du vide. Il a dix mois et ne sait pas encore marcher.

Plus tard, nous la tapissons d'images Panini. Nous installons une étagère pour nos trophées sportifs.

C'est une chambre de cris et de rires, de vêtements qui traînent, de bagarres et de réconciliations. C'est le temps unique de l'enfance.

La chambre d'Adèle est spacieuse. Un papier peint à rayures tapisse les murs. J'imagine le lit à une place, à droite, le bureau sous la fenêtre, une grande armoire pour ses tenues, un miroir en pied à côté, un coffre à jouets...

Je l'invente jouant sur la moquette à la dînette ou la poupée. Ou aux Lego et Playmobil. Mais c'est l'heure de dormir. Sa mère vient la coucher. Lui lit une histoire. Caresse un front, effleure une joue.

Puis elle ne vient plus.

Pendant des heures, Adèle lit allongée sur la moquette. Elle écoute des musiques douces. Elle invente des récits qu'elle écrira plus tard. À l'école, Adèle est bonne élève. Elle fait ses devoirs dans la chambre aux rayures. Parfois elle lève les yeux et contemple le vieux lilas par la fenêtre.

Adèle réussit médecine. Elle rencontre Emeric. Ils révisent ensemble et, à la fin, se couchent dans le lit à une place.

Ma main progresse sous le chemisier rouge et enserre le sein menu d'Adèle. Son cou gracile ploie sur mon épaule. Sa bouche laisse échapper un gémissement. Je la retourne et embrasse ses lèvres offertes avec fièvre. Accrochés l'un à l'autre, nous sombrons sur la moquette râpée.

Le vacarme assourdi de la fête me parvient comme dans un rêve pendant que je lui fais l'amour avec passion.

Je veux qu'elle ne garde qu'un souvenir de sa chambre d'enfant. Nos cœurs et corps à l'unisson.

Manuel

Affalé sur sa chaise dans son jean trop grand, le gamin me considère avec un air bravache. Son sourire suinte la morgue. La peau de son visage vire au gris caractéristique des épidermes basanés en manque de soleil.

Il a seize ans et se croit intouchable.

Derrière mon bureau, je le fixe aussi, et je n'ai pas envie de sourire.

Tu veux que je te raconte ta vie, Gamin ?

D'abord, ce que tu sais déjà.

Déscolarisation. C'est dur l'école, hein ? C'est tellement plus facile de tenir la dalle et terroriser le quartier. On se sent puissant. Pas comme quand on récolte un zéro en orthographe. Dommage, la classe, ça t'aurait rendu moins con.

Ton père a foutu le camp. Banal.

Ta mère est dépassée. Elle a peur de toi. Normal.

Mais on s'emmerde sur la dalle. Feu de poubelle. Feu de bagnole. Celle du voisin, un pauvre type qui gagne le Smic.

Port d'arme illégal. Une carabine à canon scié chargée pour tirer sur les pigeons, d'après toi.

Dégradation de bâtiment public. T'aimes vraiment pas l'école, hein ? T'as raison : L'éducation, voilà, l'ennemi public numéro un.

Caillassage. De la voiture du toubib qui remettra plus les pieds dans la cité. Cassage. Tes copains et toi êtes de toutes les manifs. Tu manies le Molotov avec maestria. Pas comme ton copain Momo qui s'est fait exploser la tronche.

Agression sur une gosse qui avait repoussé tes avances. Les meufs, c'est de la viande, tu l'as appris dans les films X que tu mates toute la journée. Tu la menaces, la fille retire sa plainte.

Vol de scooters. Vol de voitures.

Tu t'en tires toujours. Mais un matin, tu deviens majeur. Et un jour, tu passes par la case prison. Et tu deviens un vrai dur. Tu peux jouer dans la cour des grands.

Braquages. Violences avec arme. Tu séjournes plus de temps en prison que dehors. Tes enfants, si t'en as, grandissent sans toi. Ta femme va voir ailleurs. Tu baises avec tes voisins de turne.

Voilà, Gamin, c'est ça la vie que tu te prépares. Pour toi, c'est déjà trop tard.

Ta vie, gamin, ça aurait pu être la mienne, s'il n'y avait pas eu la mort de madame Moineau. Ça aurait été celle de Ladji Keita, s'il avait eu le temps de vieillir.

Ce fut celle de Moussa Keita. À ceci près que le frère de Ladji faisait plutôt dans le trafic de drogue. J'ai appris son décès il y a huit ans à la Santé. Sida.

Bien sûr, gamin, tu nies. Tu l'as pas piquée cette bagnole. Tu le jures. C'est pas moi, m'sieur. T'étais dedans par hasard. C'est une erreur judiciaire, de l'acharnement policier.

Tu me fatigues, gamin.

Je me lève avant de commettre une bavure. Un collègue frais prend le relais.

J'enfile mon blouson, n'oublie pas les clefs de la 125 de Julien qu'il a laissées à mon intention.

Dans l'avenue du Maine, j'attrape un bus pour me rendre chez Julien avant mon rendez-vous médical. Je prends place au fond à côté d'un minuscule Asiatique.

Brinquebalé, je pense à Abibatou Keita. Elle est morte l'année dernière. Il y avait du monde à son enterrement.

Je sais peu de chose sur elle. Pourquoi est-elle venue en France avec ses deux fils ? Qui est le père de Ladji ?

À son arrivée, en 1986, elle vit dans un foyer pendant deux ans, puis intègre ce deux-pièces de la cité des Primevères. Ladji entre en CM2 à l'école Jacques-Prévert.

Entre nous, c'est le coup de foudre. Enfin, je rencontre un garçon à ma mesure. Un garçon aux appétits féroces. Un concentré d'énergie.

Ce que je découvre par la suite ne fait que conforter mon inclination. Son appartement riquiqui, sa mère qui fait des ménages, son statut d'immigré, tout nous rapproche et nous soude.

Chez nous, les Portugais, on rase les murs. On baise les pieds des patrons français. Ladji, lui, est un roi. Il ne fera pas profil bas chez les Blancs. Je l'admire sans retenue.

Tout est sujet à course, bagarre, compétition. Nous nous comprenons d'un regard. Deux feux follets. Lorsque nous sommes ensemble, rien ne nous fait peur. Sauf Moussa.

Abibatou est morte l'année dernière. D'épuisement et de chagrin. J'espère qu'on l'a enterrée dans son boubou jaune.

J'étais le seul Blanc à ses obsèques.

Cité des Primevères, personne ne se souvient plus d'Abibatou et de ses fils. Adèle ne trouvera rien cité des Primevères.

Hormis des dizaines de Moussa.

*

– Tout cela me semble parfait.

D'une poussée sur son siège à roulettes, le docteur Emeric Lemeur s'éloigne de l'appareil d'examen. Je cligne des yeux. Il se lève et rejoint son bureau où trônent un ordinateur et un œil en plastique assez dégueu. Comme je m'en doutais, il n'a pas reconnu l'homme croisé en bas de chez lui deux jours plus tôt.

– Vous avez une excellente vue. Vous devez juste souffrir d'un peu de surmenage. Vous passez beaucoup de temps devant un écran ?

Je dois concéder que le docteur Lemeur me fait bonne impression. Cordial mais pas trop, technique mais pas trop, sûr de lui, on a tout de suite l'impression d'avoir affaire à un excellent professionnel. Une prestance, un charme indéniable parachèvent le tableau. Iris très bleus mis en valeur par un hâle (UV ?) tranchant sur une chemise très blanche. Je ne suis pas inquiet pour sa carrière de praticien. La salle d'attente de cet immeuble cossu du XVe ne devrait pas tarder à déborder.

– Pas plus que ça... Je suis policier.

Étonné, Emeric lève ses yeux trop bleus derrière ses lunettes.

– Ah.

– C'est votre épouse qui m'a conseillé de vous rendre visite.

– Adèle ?

– Oui, elle veut que j'enquête sur la mort de sa mère.

– Oh, bon Dieu ! La police ! Quand elle m'a parlé d'une enquête, je ne croyais pas que ça allait si loin... Et vous allez le faire ?

– Je ne sais pas.

– Ma femme...

– Elle m'a dit que vous étiez en train de divorcer... mais que vous étiez un excellent ophtalmo...

Emeric balaie l'objection d'un geste.

– Adèle, sous ses airs de jeune femme affranchie, est très fragile. Cette histoire la hante depuis trop longtemps.

– Raison de plus pour y voir plus clair, non ?

– Je ne crois pas. Au bout d'un moment, il faut tourner la page, même s'il reste des zones d'ombre. Adèle ferait mieux de se consacrer au présent au lieu de vivre dans le passé.

Sans conteste, Emeric affiche la véhémence des amants éconduits.

– Le présent ? C'est-à-dire vous ?

– Entre autres. Jusqu'à preuve du contraire, Adèle est encore ma femme... mais, je pensais aussi à sa carrière. Elle est brillante, vous savez. Elle ferait mieux de poursuivre ses recherches que de déterrer cette vieille histoire.

– C'est à elle de décider. Surtout que vous allez divorcer.

– Oui, enfin, il y a eu un gros malentendu entre nous... S'il y a le moindre problème avec Adèle, n'hésitez pas à revenir vers moi.

Je me lève, j'en ai assez entendu.

– Je règle à votre assistante ?

Emeric acquiesce et me raccompagne jusqu'à la porte de la salle de consultation où il me gratifie d'une poignée de main franche.

– En tout cas, en ce qui concerne votre vue, vous pouvez être rassuré.

Je sors ma CB et la tends au laideron qui tient l'accueil.

Je ne suis pas rassuré du tout.

À l'évidence, Emeric Lemeur est encore amoureux de sa femme. Il n'a pas renoncé à Adèle.

Je déboule les deux étages, traverse le porche et débouche dans la rue. Quelques mètres plus loin, je m'installe à la terrasse d'un troquet, commande une pression et règle aussitôt. Sur le soir, l'air s'est rafraîchi et j'ai pour unique compagnie un Black d'une vingtaine d'années qui s'engueule au téléphone avec sa nana.

À 19 h 02, le couple de mon voisin frise l'autodestruction et l'assistante du docteur Lemeur se manifeste sous la porte cochère. Elle allume une cigarette, puis se hâte vers le métro Convention.

Vingt minutes plus tard, c'est au tour d'Emeric Lemeur de faire son apparition, chevauchant un scooter gris. Je jaillis de mon fauteuil en osier, enfile un casque et enfourche la moto de Julien garée en face.

Lemeur vient de tourner à gauche. Je laisse passer un bus puis entame ma filature. Malgré le flot mécanique de l'heure de pointe, l'ophtalmo est facile à suivre ; il respecte scrupuleusement le code de la route et ses bas de pantalon retroussés dévoilent des chaussettes roses.

À un train de sénateur, il descend la rue de la Convention vers la Seine. Au pont Mirabeau, il traverse le fleuve. Le moteur de la 125 tourne au ralenti. À droite, nous délaissons le Bois et le stade Roland-Garros pour pénétrer dans Boulogne. J'ai en ligne de mire les pans de son veston qui volettent derrière lui. Quelques minutes plus tard, Lemeur stoppe devant un pavillon en meulière genre rupin. Je m'arrête cent mètres plus loin. Dans mon rétro, je le vois ouvrir le portail et entrer avec son scooter.

Je fais demi-tour et remonte la ruelle au ralenti. La maison dans laquelle mon rival a disparu est ornée d'une frise de carreaux de faïence. Le portail disparaît sous une glycine exubérante qui distille un parfum enivrant. Un coup d'œil sur la boîte aux lettres me renseigne sur le nom des occupants des lieux : monsieur et madame Lemeur, Jean-Claude et Martine.

Je m'esclaffe sous mon casque intégral : après avoir quitté sa femme, Emeric est retourné chez papa maman. Ce type se révèle confondant de banalité.

J'aurais préféré une maîtresse.

Adèle

Ça pourrait être lui. Même âge, mêmes origines. Le gamin passe devant moi en me jetant un regard méfiant. Il est vêtu d'un jean trop grand, d'un T-shirt bleu ciel et de baskets délacés.

Je suis assise sur un banc à la peinture écaillée. Derrière moi, une passerelle métallique enjambe la voie ferrée. Devant moi, la cité, étincelante sous le soleil d'avril. Et ce petit Noir qui pourrait être Ladji, mais qui n'est pas lui, et qui répond à mon sourire avant de détaler, son cartable ballottant dans le dos.

Une blonde promène un boxer qui renifle chaque tronc d'arbre. Deux types bricolent sous le capot d'une R19. Une vieille femme emmitouflée dans un manteau comme en plein hiver trimballe un caban en marmonnant.

Couvrant les chants d'oiseaux, le fracas cadencé d'un train fait vibrer mon banc. Sous mes pieds, les herbes folles trouent le bitume mal entretenu des trottoirs. En ce bel après-midi, la cité des Primevères est paisible.

Comment croire qu'ici les enfants sont armés ?

Ce n'est même pas un quartier, juste une barre coincée entre les trains et une avenue, crevant le macadam d'un parking comme une longue cicatrice boursouflée. Des coursives encombrées de vélos rayent la façade blanche où des géraniums chétifs pointent le bout de leur nez. C'est propre, ça sent le ravalement récent.

Au dernier étage, un homme en djellaba fume en regardant passer les RER.

Il y a, et c'est le seul détail qui pourrait alarmer le quidam, des barreaux aux fenêtres.

J'ai visité tous les halls. Pas de boîte aux lettres au nom de Keita. Interrogé deux femmes qui descendaient. La famille de Ladji a disparu sans laisser d'adresse et je n'ai pas le courage de faire du porte à porte pour quémander des informations.

Ladji est bien plus mort que je ne le pensais.

Je ne saurai jamais ce qu'il y avait dans sa tête le jour où il a tiré sur ma mère.

Je n'ai toujours pas de nouvelles de Camille Pascalin malgré les deux messages que j'ai laissés sur le portable de sa sœur. Baptiste Rémond et Anaïs Pasquier restent introuvables.

Je soupçonne Manuel de mollir dans ses recherches, mais je ne veux pas lui en faire le reproche. Cette quête est la mienne, pas la sienne.

À l'évocation de la peau brune, des bras forts de mon amant, une chaleur me traverse. Exquise brûlure bien loin d'un élancement du cœur et non moins douloureuse.

D'autres gamins affluent, seuls ou accompagnés. L'air se charge de cris, de rires et de pleurs. Je me lève et remonte le flot des cartables.

Je longe une zone pavillonnaire, traverse une rue sécurisée et, soudain, bloc rouge stalinien, l'école Jacques-Prévert surgit devant moi.

Je profite de la sortie de quelques retardataires pour me faufiler à la barbe de la gardienne. Les enfants du centre de loisirs jouent dans la cour que je traverse sous l'œil indifférent de deux instits. Une gamine à queue-de-cheval poursuivie par un garçon plus petit qu'elle me bouscule avant de se laisser attraper.

Dans le préau, au hasard, je tourne à droite.

L'étiquette sur la seconde porte indique Patrick Blanco.

29/03/1989
Affaire Moineau

Audition du témoin Patrick Blanco, directeur de l'école élémentaire Jacques-Prévert,

En présence, de l'inspecteur Georges Crenne et du brigadier Anne Zorha.

Patrick Blanco : Peu après 15 heures, un enfant a surgi dans mon bureau. J'étais au téléphone avec l'inspecteur d'académie. J'ai reconnu Medhi Chouarri de la classe de madame Moineau. Il était complètement affolé et criait. Je n'ai pas compris tout de suite qu'il disait « on a tiré sur la maîtresse ». Je lui ai dit de se calmer et de m'expliquer.

Question : Vous n'aviez pas entendu le coup de feu ?

Patrick Blanco : Si, quelques minutes plus tôt, j'avais entendu une détonation, mais j'avais pensé que c'était un pot d'échappement. Même si c'est vrai, qu'en y repensant, c'était très fort.

Question : Continuez...

Patrick Blanco : Je ne comprenais rien à ce que racontait Medhi, mais j'ai compris qu'il s'était passé quelque chose de grave dans la classe de Marie. J'ai couru jusqu'au premier étage.

Question : Qu'avez-vous vu ?

Patrick Blanco : La porte était ouverte. Violaine et Sylvie, deux de mes enseignantes, se tenaient sur le seuil, catastrophées. Violaine a dit « C'est grave ! » J'entendais les enfants qui hurlaient. Je suis entré. Monsieur Rémond, par terre, tenait Marie dans ses bras en pleurant. Il avait du sang partout. Marie ne bougeait pas. Lorsque je me suis approché, j'ai vu que le sang sortait de sa poitrine. Je me suis mis à hurler aussi : « Mais qu'est-ce qui s'est passé ? » ou quelque chose comme ça...

Question : Ensuite ?

Patrick Blanco : En m'entendant, monsieur Rémond s'est retourné et a crié « Un médecin ! Appelez un médecin ! » C'était bien sûr la première chose à faire. Je suis ressorti, j'ai demandé à Violaine d'appeler le Samu de mon bureau. Puis j'ai évacué les enfants de la classe et nous les avons rassemblés dans le réfectoire. Je suis allé ouvrir aux médecins du Samu. Malheureusement, ils n'ont pu que constater le décès de Marie Moineau.

Question : Avez-vous vu l'arme du crime ?

Patrick Blanco : Seulement quand la police l'a ramassée sur la table.

Question : Où se tenait Ladji Keita dans la classe ?

Patrick Blanco : Je ne sais pas, je n'ai pas fait attention.

Question : Saviez-vous que Ladji Keita avait une arme à feu dans son cartable ?

Patrick Blanco : Bien sûr que non !

Question : Avait-il eu déjà un comportement violent ?

Patrick Blanco : Non. Jamais.

Question : Était-il en conflit avec madame Moineau ?

Patrick Blanco : Non ! Absolument pas. Ladji était arrivé en début d'année et s'était très bien intégré. Ses résultats n'étaient pas excellents, mais rien de catastrophique, et il était en progression. Marie était très satisfaite. C'est une double tragédie incompréhensible.

Je frappe et entre. Patrick Blanco sursaute derrière son bureau. Il se lève. C'est un homme élancé, aux tempes grisonnantes. Officiant dans cette école depuis au moins vingt-cinq ans, il doit approcher la soixantaine. Une mimique d'irritation parcourt son visage racé.

– Je suis désolé, les entretiens sont sur rendez-vous.

– Je ne suis pas un parent d'élève.

Sans attendre la permission de mon hôte, je m'assieds. Il est probable qu'à un moment ou un autre de mes cinq premières années, j'aie rencontré Patrick Blanco. Je n'en ai aucun souvenir.

– Je m'appelle Adèle Moineau.

L'expression du directeur se fige. Il se rassoit avec une infinie lenteur.

– La fille de Marie...

Il scrute mes traits, sans doute à la recherche d'une ressemblance qu'il ne trouvera pas.

– Je me souviens de toi, au dernier arbre de Noël avant... Tu étais déjà très jolie, si vive.

Il se tait. C'est à moi de parler, de m'expliquer. Pourtant, il poursuit :

– Je savais que tu viendrais un jour.

Le tutoiement me surprend, mais ne me déplaît pas. Je suis à nouveau une petite fille, la fille de Marie. Les yeux noirs ornés de longs cils de Patrick Blanco me considèrent avec une bienveillance qui me touche et me désarme, moi qui m'apprêtais à en découdre pour quelques bribes d'informations. Je sens que je vais trouver ici ce que je suis venue chercher. J'ouvre enfin la bouche.

– Je voudrais voir sa classe.

Le directeur se redresse aussitôt.

– Bien sûr.

En montant l'escalier, il m'explique que les lieux ont changé depuis 1989. Les vieilles estrades en bois ont disparu, les peintures ont été refaites à neuf, les parquets recouverts de lino. La cantine en préfabriqué a été remplacée par un bâtiment en dur. Une classe a été ouverte, puis fermée, puis réouverte au gré des fluctuations d'effectifs. Il veut ensuite savoir si je suis mariée, si j'ai des enfants, quel métier j'exerce et se montre admiratif face à ma réussite. Il demande des nouvelles de mon père. J'apprends que le couple Blanco venait parfois dîner chez nous, que ma mère était une excellente cuisinière, mon père une encyclopédie vivante (ça je le sais). D'ailleurs, ils étaient invités à leur mariage.

La salle de classe est occupée pour l'étude. Des gamins planchent sur leurs devoirs, aidés par un professeur. J'observe la pièce par l'imposte vitrée.

C'est donc là que ma mère a rendu son dernier souffle. Sous le tableau jadis vert, la frise de lettres et les cartes de géographie ? Est-ce là un endroit pour mourir ? Une vague de colère me submerge.

Je lève mon regard vers Patrick Blanco.

– Pourquoi ?

Le directeur ouvre des mains impuissantes.

– Si tu es venue chercher la réponse à cette question, Adèle, je ne l'ai pas. Et pourtant, cela fait vingt-cinq ans que je me la pose.

Quelques minutes plus tard, dans son bureau, il verse de l'eau chaude sur deux sachets de thé. Et il parle. De ma mère. Il me dit l'amie, la collègue.

Ils se rencontrent à l'IUFM, s'apprécient, se retrouvent par hasard dans cette école. C'est avant ma naissance. Avant son mariage avec Philippe. Patrick se souvient et c'est un éblouissement. Un éblouissement de ma mère. Il me raconte la jeune femme volontaire, gaie, profondément humaine que j'ai toujours imaginée.

Je sors la photo de classe de mon sac. Ému, Patrick Blanco la contemple un long moment. Se remémore Manuel, et son frère Joaquim, plus jeune, dont je découvre l'existence. Les frères Ferreira, deux sacrés garnements, ils lui en ont donné du fil à retordre, rigole-t-il. D'autres enfants. Les noms lui reviennent comme des trésors cachés dans sa mémoire. Il se rappelle Camille et son handicap ; il aimerait savoir ce qu'elle est devenue.

– Marie s'était beaucoup investie pour cette élève, allant jusqu'à apprendre la langue des signes pour communiquer avec elle. Adèle, ta mère, tout le monde l'aimait. Ses collègues, les enfants, les parents... Les enfants surtout ! Ils raffolaient d'elle.

– Sauf Ladji Keita.

Patrick Blanco baisse les yeux sur la photo.

– Pas Ladji. Pourtant, il n'y avait eu aucun signe avant-coureur. Aucun souci particulier avec Ladji. Un peu turbulent, mais rien de grave.

– D'où tenait-il son arme ?

– La police n'a jamais eu vraiment de certitude, mais on a suspecté son frère de cinq ou six ans son aîné et qui était connu pour des faits de délinquance.

– La cité des Primevères a l'air bien tranquille pourtant.

– Il ne faut pas s'y fier. Ça trafique beaucoup. Régulièrement, il y a des problèmes. L'année dernière, une gamine du collège y a été violée.

Il me rend le cliché en soupirant.

– Le nombre de fois, Adèle, où je me suis demandé où j'avais merdé, ce que je n'avais pas vu pour en arriver là… Je ne sais pas si j'aurais pu l'éviter, si quelqu'un aurait pu l'éviter.

Je souris faiblement. La faute à pas de chance, hein…

– Qu'est devenue la famille de Ladji ?

– Il ne vivait qu'avec sa mère et son frère. Ils ont déménagé peu de temps après le drame. Je ne sais pas où… J'ai essayé plusieurs fois de te revoir, toi et Philippe, mais ton père ne répondait jamais.

Je sais. Papa avait coupé tout lien avec sa vie d'avant. Comme si cela pouvait tenir la souffrance à distance… Sur le bureau du directeur, un cadre renferme la photo d'un bambin souriant d'environ trois ou quatre ans. Il tient un ballon rouge contre son cœur.

– C'est votre fils ?

Patrick Blanco rit de bon cœur.

– Mon petit-fils. J'ai deux fils de trente-deux et vingt-neuf ans. C'est étonnant ta venue aujourd'hui. Hier, j'ai reçu une maman qui inscrit sa fille l'année prochaine en CP. Elle m'a dit qu'elle se trouvait dans la classe de ta mère l'année de sa mort. Elle était d'ailleurs un peu réticente pour inscrire sa fille ici, mais l'école Jacques-Prévert est vraiment la plus proche de son domicile. Et puis, elle a vu que beaucoup de choses avaient changé – sauf moi ! – et ça l'a rassurée !

Mon pouls s'accélère.

– Comment s'appelle-t-elle ?

Blanco compulse les dossiers devant lui.

– Bressler.

Ça ne me dit rien.

– Je suppose que c'est son nom marital.

– Exact, son nom de jeune fille est Pasquier.

– Anaïs Pasquier ?

– Oui c'est cela.

Enfin, la brume se disperse !

– Pouvez-vous me donner ses coordonnées ?

Le directeur préfère prendre les miennes et contacter lui-même Anaïs. À charge pour elle de m'appeler si elle le désire. Dans la foulée, il m'apprend que Baptiste Rémond se prénomme en fait Jean-Baptiste, qu'il n'est plus enseignant mais écrit des livres pour enfants sous le pseudonyme de Jean-Baptiste Ré. Je devrais le retrouver facilement.

Je sors rassérénée. Dans un état de plénitude lénifiant. C'est comme si Patrick Blanco venait de me rendre un bout de mon histoire, de me compléter.

Sur le trottoir, une bise légère soulève mes cheveux. Je me retourne pour jeter un dernier coup d'œil à l'école de ma mère.

Les briques rouge sang flamboient sous le soleil déclinant.

Manuel

J'ai rencontré une femme. *Raconte. Elle est comment ?* Brune. Cheveux courts et bouclés. Longue. Douce. Des très beaux yeux. *Toi, t'as l'air bien mordu.* Je pense à elle à chaque instant. *Ouh là ! Elle doit vraiment être canon.* C'est plus que ça. *Et au pieu ?* Au lit, c'est bon, c'est fort. *C'est marrant, je crois pas me souvenir que tu sois jamais tombé sur un mauvais coup.* Hé ! Tu sais ce qu'on dit : il n'y a pas de femme frigide... *Il n'y a que des mauvaises langues... C'est moi qui te l'ai racontée, celle-là. Qu'est-ce qu'elle fait dans la vie, cette perle rare ?* Elle est médecin. *Tu détestes les toubibs, Manu !* Oui, mais elle, c'est différent. Elle est chercheuse, tu vois, elle veut rendre la vue aux gens. *Rien que ça !* Cette fois, Jo, je crois que c'est la bonne. *Tu dis toujours ça. Manu, tu t'emballes, tu t'emballes et puis, ça fait flop.* Je sais que c'est la bonne. *Tu l'as vu dans ta boule de cristal ?* Non... c'est la fille de madame Moineau. *La fille de... Bordel, Manu, qu'est-ce que tu fous ?* C'est elle qui m'a trouvé. Au début, j'ai réagi comme toi, puis ça m'a semblé une telle évidence. *Manu, il faut que tu arrêtes cette histoire tout de suite.* Je ne peux pas. Ça m'est physiquement impossible. J'ai besoin d'elle. Je suis raide dingue d'elle. Si je ne la vois plus, j'en crèverai. *Tu crois pas que t'en fais un peu trop là ? Et qu'est-ce qui va se passer quand elle saura ?* Elle ne saura jamais. J'en fais mon affaire. *Manu, tu déconnes à pleins tubes. Et je m'y connais en matière de tubes. Tu vas pas pouvoir garder ce secret indéfiniment pour toi.* Ça fait déjà vingt-cinq ans et je ne l'ai jamais dit à personne. Même pas à toi.

Je me redresse sur mon siège. Ma poitrine expulse un soupir douloureux. La main morte de mon frère gît sur le drap blanc. Je scrute son visage, fouille son regard fixe à la recherche d'une lueur de conscience. Seules les machines semblent vivantes dans cette pièce.

Je consulte ma montre. Ma mère va bientôt arriver. Je ne veux pas la croiser. Depuis qu'ils ont réanimé Joaquim, je ne peux plus la regarder en face. J'ai honte. Pour moi, pour elle, je ne sais plus. Qui est l'égoïste ? La mère qui veut garder son fils, même enveloppe vide ? Ou le frère, qui veut hâter la fin pour ne plus s'infliger l'abominable spectacle du corps martyrisé ? Je me lève pesamment et, sur le seuil, me retourne une dernière fois vers Joaquim.

Manu, s'il te plaît, avant de partir, de refermer la porte, de retrouver ta vie, ta petite amie, ton boulot, tes joies et tes douleurs, sois gentil, débranche-moi s'il te plaît.

*

Adèle semble passablement excitée. Elle a de grandes nouvelles à m'annoncer, mais elle veut d'abord commander les apéros. C'est elle qui paie ce soir, m'annonce-t-elle d'emblée, elle y tient. Nous sommes attablés dans le restaurant de notre premier rendez-vous, mais la femme en face de moi est bien différente ce soir. Ce n'est pas seulement cette excitation de petite fille qui résonne dans sa voix. Il y a dans toute sa personne comme un relâchement, une décrispation des épaules, un alanguissement des traits. J'ose espérer que c'est notre relation qui lui fait cet effet relaxant...

Elle demande un mojito et moi une bière. Je lui prends la main. Ses yeux pétillent. Elle se penche au-dessus de la table comme en confession :

– Hier, je suis allée à l'école Jacques-Prévert. Le directeur n'a pas changé.

À présent, ce sont mes doigts qui se crispent, ma mâchoire qui se contracte.

– Il a tout de suite accepté de me parler. C'est la première fois qu'une personne me parle si librement de ma mère, de sa mort. C'était... extraordinaire.

Julia dépose devant nous les deux consommations. Goulûment, Adèle se jette sur sa paille.

– Et il m'a donné plein de renseignements !

J'avale une gorgée. Ma bière a un goût âcre.

– Notamment sur Baptiste Rémond, qui s'appelle en fait Jean-Baptiste. Le journaliste du *Parisien* avait fait une erreur. C'est peut-être pour ça que tu ne l'as pas retrouvé ?

Adèle me fixe, faussement ingénue. Elle n'est pas dupe. Je préfère piquer du nez dans mon bock que me lancer dans une justification périlleuse.

– Sans doute...

– Enfin, peu importe. Il écrit des livres pour enfants sous le pseudonyme de Jean-Baptiste Ré. J'ai facilement retrouvé sa trace sur Internet. Il habite Marseille. J'ai même dégoté son mail.

Je réprime un battement de cils.

– Et tu lui as écrit ?

– Oui, j'attends sa réponse. Dès que j'ai son adresse, je file à Marseille.

Je tressaille.

– Est-ce vraiment nécessaire ?

– Manuel, ma mère a rendu son dernier soupir dans les bras de cet homme ! Je veux le rencontrer !

Ma décision est prise avant même que j'ouvre la bouche. Personne ne m'en empêchera, même pas Adèle.

– Alors je t'accompagne.

Les jolies lèvres se retroussent.

– Merci, Manuel. Si tu es là, je serai moins anxieuse. Mais ça ne va pas te gêner dans ton boulot ?

– Je m'arrangerai. Préviens-moi dès que tu sais.

– Okay. Tu savais que Ladji avait un frère aîné ?

– Non. Enfin, peut-être, je ne sais plus.

Avec sa paille, Adèle touille les feuilles de menthe, malaxe le citron vert pour en extraire l'arôme avant de reprendre :

– Patrick Blanco, le directeur de l'école, tu te souviens de lui ?

– Vaguement.

Pendant ma scolarité élémentaire, j'ai passé plus d'heures dans son bureau qu'aucun autre élève. Sauf Joaquim, peut-être.

– Lui se rappelle de toi ! Gamin, tu n'étais pas de tout repos apparemment ! Enfin, bref, pour Ladji, Patrick Blanco dit que c'est sans doute son frère aîné qui lui a fourni une arme.

Je hausse les épaules en signe d'ignorance.

– J'imagine que des armes circulaient dans la cité.

– Oui, c'est ce que pense Patrick.

De l'index, Adèle essuie les gouttelettes qui perlent sur la paroi glacée de son verre. Sa bouche sourit comme malgré elle.

– Je me sens... heureuse n'est pas vraiment le mot, mais comme libérée. J'ai l'impression que quelque chose se débloque.

Nous dînons, pieds emmêlés sous la table, yeux dans les yeux. Adèle est d'humeur tendre et rieuse. Je suis inquiet et douloureusement amoureux.

Ensuite nous allons chez elle et je lui fais l'amour comme si c'était la dernière fois. Ce qui a l'air de lui plaire.

La tête d'Adèle repose sur mon épaule, sa cuisse sur la mienne. Avec une négligence qu'on réserve aux animaux inoffensifs, ses doigts caressent les poils de mon torse. Apaisées, nos poitrines se soulèvent à l'unisson.

La nuit a, depuis longtemps, enseveli Paris. À travers les doubles vitrages, les bruits de la ville nous parviennent, indistincts, accentuant l'irréalité du moment parfait.

La voix d'Adèle brise le silence de la chambre.

– Parle-moi de ma mère. Tu ne m'as jamais parlé d'elle.

Je prends quelques secondes de réflexion avant de répondre.

– Elle a été, de loin, ma maîtresse préférée.

Adèle se redresse sur un coude. Ses seins épousent le mouvement avec légèreté. Ils irradient dans la pénombre une blancheur d'astre qui m'attire comme un satellite.

– Pourquoi ?

Du bout des doigts, j'effleure le galbe admirable de son sein gauche.

– Je les adore.

– Quoi ?

– Tes seins.

– Manuel ! On parlait sérieusement !

– De quoi ?

– Ma mère, ta maîtresse préférée.

– Tu l'as compris, je n'étais pas exactement un bon élève. Cette réputation me poursuivait depuis le CP. Je crois que ça a été encore plus dur pour mon frère. Il n'a même pas eu besoin de faire ses preuves, ma réputation a rejailli sur lui. Il a été d'emblée catalogué ingérable. Ce n'était pas vraiment volé parce qu'il était pire que moi.

– Qu'est-ce qu'il fait maintenant ?

La question se pique dans mon cœur comme une écharde.

– Il... a suivi les traces de notre père. Il est maçon. Mais il est à son compte. Il a monté sa propre boîte à vingt-trois ans tout juste.

– Ça doit bien marcher pour lui...

Vas-y, délicieuse ignorante Adèle, continue, enfonce l'écharde jusqu'au point de non-retour.

– Et donc, ma mère ?

– Lorsque je suis arrivé en CM2, pourtant précédé de ma réputation de cancre, ça ne s'est pas passé comme les autres années.

Clairement, ta mère n'était pas impressionnée. Je ne sais pas à quoi ça tenait, je ne crois pas qu'elle avait des méthodes d'enseignement particulières, mais... on avait envie de travailler pour lui faire plaisir. En tout cas, c'est ce qui s'est passé avec moi. Mes résultats, et même ma conduite, se sont sensiblement améliorés.

– Et tu n'as vraiment pas d'idée sur les raisons de ce changement ?

– Je crois... que j'ai senti qu'elle croyait en moi. Pour la première fois, un adulte croyait en moi.

Pour sa perte.

Adèle

Peu après 8 heures, je reçois un coup de fil de mon père. Papa est matinal et considère qu'il doit en être de même pour les autres. Son installation à Étretat se déroule sans encombre. Les falaises sont superbes, chaque jour différentes, sauvages et dangereuses – il adore –, l'arrière-pays est un ravissement. Il a acheté des vélos, une couette en vraies plumes pour la chambre d'amis et un hamac. Il me demande quand je viens. J'ai quelques affaires à régler sur Paris, à commencer par la convocation chez l'avocate pour le divorce demain. Déjà ? s'étonne mon père. Je rétorque que ça va très vite par consentement mutuel. De plus, Emeric et moi n'avons aucun bien commun, hormis quelques meubles. J'omets volontairement mon projet d'escapade à Marseille. Inutile d'en rajouter et je ne veux pas subir le feu inquisitoire des questionnements de papa. Il pense que je fais une grosse bêtise en me séparant d'Emeric, que tout cela est bien trop précipité. Je lui rappelle qu'il a divorcé, lui aussi.

– Ça n'a rien à voir et, tu ne vas pas me faire croire que c'est sérieux avec ton flic ?

– C'est Emeric qui est parti. Manuel est arrivé après.

– Un policier, Adèle ! Et même pas un commissaire ou un truc comme ça, un clampin ! C'est pas sérieux, Adèle ! Dans six mois, tu vas te rendre compte que vous n'avez rien à vous dire.

Oui, Manuel ne joue pas dans la même catégorie sociale que mon père, ou qu'Emeric, mais, lui, au moins, me soutient.

– C'est possible, et alors ? Ça ne te dérange pas que Charline ou Angeline changent de petit copain tous les deux mois ! Et tu as bien épousé Eva, toi ! Dans le genre déclassement...

– Et c'était une erreur.

– C'est bien la première fois que tu l'avoues !

– Mon mariage était une erreur, pas tes sœurs. Eva et moi n'avions rien en commun. Ça ne pouvait pas fonctionner. Et tu sais très bien que je l'ai épousée pour oublier ta mère.

Non, je ne le sais pas. Je l'ai toujours cru, sans en être sûre ; c'est la première fois que mon père le formule lui-même. Est-ce la distance qui lui fait baisser la garde ?

– Tu crois vraiment que c'est intelligent de faire la même bêtise que ton père ? Promets-moi de réfléchir encore.

– Ça ne dépend pas que de moi, papa.

– Emeric a agi sur un coup de tête, ce n'est pas la première fois. Et ce Manuel, je ne sais pas, je ne lui ai parlé que quelques minutes, mais il me fait l'impression d'un homme... dangereux.

Eh, peut-être que j'ai soudain envie, moi aussi, de m'approcher du bord des falaises ?

Avant de raccrocher, je promets, mais c'est tout réfléchi. Je suis lasse d'Emeric. Lasse de son corps, de ses caresses maladroites, de nos conversations professionnelles. Lasse de ses menaces de me quitter au moindre désaccord.

Qu'il me la rende ma liberté, puisqu'elle lui est tellement insupportable.

Je passe le reste de la journée à faire l'inventaire de l'appartement qui se révèle plus ardu que je ne pensais. Dois-je compter cette vieille lampe ? Qui a acheté ces CD ? Ce tapis a-t-il une quelconque valeur ?

J'essaie plusieurs fois de joindre Emeric sur son portable, mais il ne décroche pas. Je finis par appeler le cabinet et sa secrétaire-cerbère me répond qu'il est très occupé et qu'il me rappellera sans faute. Ce qu'il ne fait pas.

De temps en temps, je consulte mes mails. Pas de réponse de Jean-Baptiste Ré. Ni de Camille ou Anaïs. Une vague de découragement me traverse. Je pars à la recherche d'une tablette de chocolat.

Le soir, Emeric n'a toujours pas appelé. Est-ce qu'il fait la gueule ? C'est bien son genre. Une idée me fait frissonner. Et si c'était pire qu'une bouderie ? S'il allait me faire faux bond ? Me planter devant l'avocate ? Il y a trois semaines encore, je n'y songeais pas, et, aujourd'hui, me défaire de mon mariage est devenu une priorité.

La condition sine qua non de ma renaissance avec les recherches sur la mort de ma mère.

Adèle

Le lendemain, j'arrive la boule au ventre au cabinet de l'avocate près de Bastille. Sans surprise, la salle d'attente déploie ses fauteuils en cuir et ses tableaux modernes. Les fenêtres s'ouvrent sur un parc où gazouillent des mésanges. Emeric se tient debout près de l'une d'elle. Rasé de près, la chemise impeccable, le casque rutilant. À mon arrivée, il me lance un regard hargneux.

– Dépêchons-nous, qu'on en finisse.

Rassurée, je pousse un discret soupir de soulagement.

Nous pénétrons ensemble dans le bureau de maître Fayolle, une petite femme rousse à l'air énergique. Nous nous installons. Elle s'enquiert de nos identités respectives, puis demande si nous sommes toujours d'accord pour le divorce par consentement mutuel, auquel cas nous pourrons rédiger la convention réglant la répartition des biens et fixer avec le juge des affaires familiales une date d'audience dans un futur proche.

– Madame Lemeur ?

Je me dandine sur ma chaise comme une bonne élève empressée :

– Tout à fait.

– Bien, monsieur Lemeur ?

Emeric ne répond pas, son visage est obstinément dirigé vers la fenêtre derrière laquelle frémit le feuillage aérien d'un bouleau.

– Monsieur Lemeur ?

Emeric tourne la tête et je remarque seulement ses traits tirés.

– Monsieur Lemeur, vous avez entendu ma question ?

– J'ai entendu.

– Et ?

– Je ne veux plus divorcer par consentement mutuel, articule-t-il.

J'ai le souffle coupé comme après un uppercut. Maître Fayolle fronce les sourcils.

– Vous ne voulez plus divorcer ?

Emeric émet un ricanement sardonique.

– À peine ai-je le dos tourné que ma femme se tape le premier venu !

Une expression mêlant haine et mépris sur le visage, il me toise.

– Je comprends mieux pourquoi, l'autre jour, tu m'as pratiquement foutu dehors. Madame était pressée de se faire sauter par son nouveau mec !

Je suis liquide. Une petite flaque. Avec brusquerie, il se lève et crache :

– Je n'aurais jamais cru ça de toi, une vraie chienne ! Une chienne en chaleur ! Tu me dégoûtes !

Puis à l'adresse de son avocate :

– Bien sûr que je veux toujours divorcer ! Mais je demande le divorce pour faute !

En trois enjambées, comme trois coups de fleuret, il quitte la pièce. La porte du palier claque. Maître Fayolle joint les paumes audessus de son bureau, réprimant une mimique d'exaspération.

– C'est vrai ?

Un geignement sort de ma gorge en feu. Je ne suis plus la bonne élève, je suis la salope prise la main dans une braguette. Je trouve tout de même la force de protester :

– Il était parti ! Il avait quitté l'appartement de son plein gré !

La rouquine me jette un regard réprobateur.

– Vous êtes tenue au devoir de fidélité jusqu'à ce que le divorce soit prononcé. Vous n'avez vraiment pas été très maligne. Espérons qu'il va se calmer. Bien sûr, le fait qu'il ait quitté le domicile conjugal avant votre adultère...

– Ce n'est pas un adultère.

– Pour la loi si. Je disais donc, le fait qu'il ait abandonné le domicile conjugal avant votre adultère joue plutôt en votre faveur. Avez-vous des témoins de cet abandon ?

– Je ne sais pas. Peut-être.

Bon Dieu, je vais être obligée de mêler papa à tout ça ! J'essuie mes mains moites sur mon jean.

– Qu'est-ce qui va se passer maintenant ? Je veux dire, à part ma lapidation...

Maître Fayolle se fend d'un sourire.

– Je ne vous juge pas, mais vous auriez dû prendre conseil avant d'entamer cette nouvelle liaison...

Promis, la prochaine fois que j'ai une pulsion, j'appelle un avocat, je compulse le Code civil, j'écume les forums du net.

– Ou au moins être plus discrète. Maintenant, il va vous falloir trouver votre propre défenseur. Je peux vous recommander à des confrères si vous le voulez. Étant l'avocate de la famille Lemeur, je défendrai, pour ma part, les intérêts de votre mari.

Maître Fayolle plante ses yeux vert vipère dans les miens :

– Ensuite, vous allez divorcer, mais cela va être très long, très éprouvant et très onéreux.

Tiens, prends ça, Marie-Madeleine !

Dehors, il pleut. Une vraie pluie de cinéma qui ruisselle à grosses gouttes sur les joues comme des larmes. Je n'ai pas de parapluie. Mes cheveux mouillés coulent dans mes yeux, mes pieds nagent dans mes chaussures. Je hèle un taxi. Le chauffeur me demande où on va. Je donne l'adresse du commissariat du XIVe.

Trempée comme une soupe, j'attends dans le hall d'accueil que Manuel termine une audition. Je frissonne dans mes habits trempés. Une petite mare se forme sous ma chaise comme si je n'avais pu retenir une envie pressante. Derrière son comptoir, une policière en uniforme écoute d'une oreille distraite une femme déplorer un deuxième vol de vélo en six mois. C'est aberrant ce trafic de bicyclettes. Qu'est-ce qu'ils peuvent bien en faire ? Il faudra que je demande à Manuel.

Celui-ci paraît enfin, se plante devant moi et fronce les sourcils.

– Ça s'est mal passé ?

– Oui.

Manuel m'entraîne dans une petite pièce vitrée dont il déroule les stores vénitiens. J'imagine que c'est ici qu'on fait parler les suspects à coup d'annuaires bien placés. Il sort un rouleau de Sopalin de je-ne-sais-où et m'ordonne de m'essuyer. J'enlève mon imper qu'il accroche à une patère derrière la porte.

– Il ne veut plus divorcer ? s'enquiert-il.

– Si !

Les épaules de Manuel se relâchent imperceptiblement. Avec une boule de papier absorbant je bouchonne ma nuque et mes cheveux.

– Bon.

– Mais il est au courant pour nous deux ! Il veut un divorce pour faute !

Surpris, Manuel pince les lèvres.

– Comment a-t-il su ?

– Je ne lui ai pas demandé ! C'est sûrement une de mes sœurs qui a cafté. Ce n'était vraiment pas une bonne idée d'aller à cette soirée ensemble !

– Ou ton père.

Je lâche une exclamation outrée.

– Mon père ne ferait jamais ça.

Mon mascara a dégouliné et auréole le Sopalin. Je dois ressembler à une vieille prostituée alcoolique raflée dans le bois de Boulogne.

J'émets une autre explication :

– Ou alors Emeric t'a vu rentrer dans mon immeuble.

– Comment aurait-il su que j'allais chez toi ? Et puis, je l'aurais repéré.

Manuel me conseille de m'asseoir et d'ôter mes ballerines. Je préférerais qu'il s'excuse. C'est de sa faute, à cause de son empressement, si je me suis pavanée à son bras au pot de départ de mon père.

– Tu vas avoir attrapé la crève.

Manuel s'agenouille et entreprend d'essuyer mes orteils. C'est gentil de laver les pieds de la femme adultère, mais ça risque de devenir embarrassant si sa collègue se pointe.

– Tu es gelée.

J'explose :

– Tu pourrais au moins être désolé !

Manuel lève des yeux étonnés sur mon courroux.

– Pour la pluie ?

– Pour mon divorce pour faute. À cause de toi.

– Je ne le suis pas. Je ne suis pas désolé. L'important, c'est que tu divorces, non ?

– Ça va être plus compliqué.

Il hausse les épaules.

– Mais non.

Se redresse.

– On n'allait pas se cacher jusqu'à la saint glinglin.

L'expression désuète me fait sourire malgré mon irritation.

– Maintenant, tu devrais rentrer et prendre un bain chaud.

Je secoue la tête en enfilant mes ballerines humides.

– Il y a autre chose.

Manuel braque sur moi son regard brun, profond, attentif.

– Jean-Baptiste Rémond ne répond pas à mes mails, et, bien sûr, il n'est pas dans les pages blanches.

– Sans doute qu'il ne veut pas te rencontrer.

– Tu as son nom, sa ville de résidence, cela va te prendre environ deux minutes pour me donner son adresse. J'attends ici.

Une ombre passe sur le beau visage de Manuel. Un soupçon d'agacement que j'y décèle pour la première fois.

Dans ma poitrine, mon cœur s'affole. Je me dis que je suis allée trop loin. Qu'il va me planter là. Refermer notre histoire. Que nous ne ferons plus jamais l'amour. Une main glacée enserre ma nuque. Ce n'est plus celle de la pluie, c'est celle du manque à venir.

Je suis une idiote. Une idiote péremptoire.

– Rentre chez toi, prends un bain chaud. Je passerai ce soir. Avec l'adresse.

Manuel

Jean-Baptiste Rémond est un bon citoyen ; il est inscrit sur les listes électorales. Je dégote son adresse en deux minutes comme l'avait prédit Adèle.

Dans ma lancée, histoire de me faire pardonner mon peu d'empressement passé, je commande deux allers TGV pour Marseille lundi matin. Pour le retour, on verra ensemble.

Ensuite, le plus dur reste à faire, convaincre ma chef d'équipe préférée de me donner deux jours au débotté.

Sonia me foudroie du regard et s'interroge tout haut : je veux vraiment sa mort ? Je fais remarquer que j'ai pas mal de jours à prendre. Elle a six mois de congés payés en retard, me réplique-t-elle avant de s'enquérir de mon brusque besoin de vacances. Énigmatique, je réponds que c'est personnel.

Sonia ne fait pas mentir l'adage « grande gueule, grand cœur ». Je le sais. Je sais quelle corde sensible jouer. Les traits épais de Sonia s'amollissent. Ton frère ? demande-t-elle. J'opine sobrement. Comment va-t-il, y a-t-il un espoir ? veut savoir Sonia de sa voix rauque de fumeuse qui devient presque inaudible lorsqu'elle se radoucit. Je réponds : mal, puis, ma mère a besoin de moi. Ce ne sont pas des mensonges, pourtant je mens. Sans vergogne. Je veux ces deux jours. Je pressens une catastrophe et dois être au côté d'Adèle.

En soupirant, Sonia m'accorde mon congé, et sa sincère compassion.

Le soir, Adèle saute de joie. Pour le retour, on verra sur place, décide-t-elle.

Son bonheur fait peine à voir, c'est celui du cancéreux qui ignore la gravité de son mal et se réjouit d'un rayon de soleil.

Manuel

Ma mère laisse plusieurs messages sur mon portable. La messe dominicale sera célébrée pour Joaquim. Elle souhaite ma présence. Ma tante et sa famille ont promis de venir.

Je n'ai pas mis les pieds dans une église depuis... depuis longtemps, et n'ai pas l'intention de déroger.

Est-ce le résultat de subliminaux remords pour mon mensonge d'hier ? Le lendemain, à 10 heures précises, j'arrive sur le parvis de l'église Notre-Dame-du-Travail.

Je repère ma mère et ma tante. Ma cousine Christina, son mari et ses trois filles brillent par leur absence.

Ma mère et sa sœur ont toutes deux perdu leur époux, mais, alors que ma mère ne quitte plus sa panoplie de deuil, Luisa serait plutôt du genre veuve joyeuse. Avec son tailleur rose qui épouse ses rondeurs de bonne vivante, elle dépare dans l'assemblée comme un bonbon dans un paquet de réglisse. Ses outrances dissimulent une grande finesse d'esprit. Son visage s'illumine en me reconnaissant ; elle m'embrasse avec voracité.

En arrivant en France, Luisa n'est pas restée longtemps femme de ménage. Elle s'est fait embaucher dans une banque et a fini secrétaire de direction.

Gamin, j'ai souvent souhaité en secret que ce soit elle ma mère.

L'église Notre-Dame-du-Travail est jolie, on ne peut pas lui dénier ça. Des murs clairs, des fresques champêtres, des vitraux modernes. Des piliers d'acier et de rivets, comme ceux de la tour Eiffel, qui confèrent au bâtiment un côté industriel original.

Devant une assemblée pas si clairsemée, le prêtre sermonne, exhorte, accuse. Il nous incite pour les siècles des siècles à l'humilité, la pauvreté, la morosité. Il nous ordonne d'aimer nos ennemis. Et de souffrir.

D'après lui, Joaquim s'ouvre, par sa souffrance, toutes grandes les portes du royaume des cieux.

Extatique, ma mère boit les paroles de l'homme en robe. Ma tante fronce ses sourcils épilés, pince sa bouche en cul-de-poule. Les mâchoires crispées, je regrette cent fois d'être venu alors que je pourrais serrer Adèle sous la couette où je l'ai laissée, encore chaude de nos étreintes.

J'enrage du Dieu cruel et injuste des chrétiens. Les dieux grecs étaient injustes et cruels, mais, au moins, ils étaient drôles !

Un pigeon – à moins que ce ne soit l'Esprit saint – volette sous les hautes voûtes. J'espère qu'il nous chie dessus, exaltant ainsi notre grand désir d'humiliation.

Nous prions pour Joaquim, bienheureux uni dans la passion du Christ, pour que Dieu lui donne la force de lutter et lui rende la santé, si telle est sa volonté...

Après ce grand moment de fervente piété, ma tante nous entraîne chez elle, un deux-pièces rue Raymond-Losserand. L'appartement, au troisième sans ascenseur – ça maintient en forme, clame Luisa – est à l'image de sa propriétaire, coquet et lumineux.

Pour le dessert, elle a concocté des pastéis de nata à se lécher les doigts.

La conversation tourne autour de l'état de Joaquim. Ma mère se lamente et garde espoir. L'espoir, une autre grande supercherie catholique. On a vu des malades se réveiller après des années de coma, assure-t-elle, comme s'ils étaient juste descendus chercher une baguette. Il faut leur parler ; c'est important qu'ils entendent des voix aimantes. Je renonce à lui expliquer que Joaquim n'est pas dans le coma, mais qu'il souffre de lésions neurologiques irréversibles qui l'empêchent de bouger et communiquer. Ma tante approuve solennellement et n'ose placer un mot sur sa propre famille, éclatante de santé. J'aimerais bien, pourtant, avoir des nouvelles de mes petites-cousines, adorables fillettes de deux à six ans.

Lorsque ma mère s'éclipse aux toilettes, Luisa s'approche de moi et pose sa main sur mon épaule. Je hume, comme lorsque j'étais enfant, son parfum de violette.

– Et toi, comment ça va ?

Je ne m'attendais pas à ça. Ma tante ignore-t-elle que je suis le bien portant ? On ne demande pas au frère qui marche, qui mange, qui baise s'il va bien quand l'autre frère agonise dans une chambre d'hôpital. Ai-je seulement le droit d'aller mal ?

– Comment ça va, mon pauvre Manu ? répète Luisa.

Surpris, j'ai toutes les peines du monde à ne pas éclater en sanglots. Je mords l'intérieur de mes joues, baisse les yeux et balbutie un « ça va ».

– Tu les aimes mes pastéis, hein ? Tu les adorais déjà quand tu étais petit. Je vais te mettre ceux qui restent dans une boîte pour chez toi.

Les doigts tendres malaxent mes trapèzes.

– T'as une copine en ce moment ?

Muet, je hoche la tête. Luisa a un sourire mélancolique.

– Bien. Profite, mon Manu. Profite, y a que ça à faire dans cette putain de vie.

Comme lorsque j'étais enfant, elle pose un baiser sur mon crâne.

– Pendant que j'y pense, avant de partir, tu pourras jeter un coup d'œil à la machine à laver ? Elle fuit.

Mes lèvres esquissent un sourire. Quoi qu'il advienne, Luisa ne perd jamais le nord.

Manuel

Adèle s'est assoupie sur mon épaule lorsque le contrôleur demande nos billets. Je tends les deux documents. Il les poinçonne et me les restitue avec un « bon voyage, monsieur, dame. » Le fonctionnaire a vu en nous un couple ordinaire, ensemble depuis plusieurs années peut-être. Marié qui sait. Voyageant sans les enfants pour une petite escapade. Un sourire aux lèvres, je déplie doucement mon journal pour ne pas réveiller Adèle.

J'ai toujours adoré être en couple. Le duo est pour moi l'équipe idéale. Qu'il soit féminin/masculin n'est qu'une complétude supplémentaire. J'adore la vie en couple, les vacances à deux, les tête-à-tête où le silence n'est plus gênant. J'aime partager mon appart, recevoir des SMS me demandant d'acheter des tampons ou du rosé pour ce soir. Je m'endors mieux dans la chaleur d'un autre corps.

Le compromis ne me fait pas peur.

Ce n'est jamais moi qui pars.

Peu après Aix, Adèle s'éveille. Comme un animal, elle passe en un quart de seconde du sommeil à l'état de pleine conscience et m'interroge à brûle-pourpoint :

– Qu'est-ce qu'ils en font des vélos ?

– Hein ?

– Les voleurs ? Tous ces vélos volés, c'est incompréhensible...

Je pose mon journal sur la tablette.

– Tu as pensé à ça, soudain, en te réveillant ?

– Non, c'est l'autre jour, quand je t'ai attendu au commissariat, une femme venait déclarer le vol de son vélo.

– Ce qu'ils en font ?

Je soupire.

– Ils les revendent. Sur Internet surtout, de trente à cinq cents ou six cents euros pour les beaux modèles. Y a aussi des trafics organisés vers les pays de l'Est...

Adèle étire ses bras jusqu'au siège de devant. Le TGV atteint les premiers faubourgs de Marseille.

– Plus de mille vols par jour en France. Une vraie plaie.

Adèle sourit avec malice.

– Que fait la police ?

Je l'embrasse.

– Dans la police, c'est tous des touristes.

Le wagon semble soudain sortir de l'hibernation dans laquelle le roulis régulier l'avait plongé et se met à bruire comme une fourmilière dérangée. Les passagers commencent à rassembler leurs affaires, à houspiller les enfants et enfiler leur veste. Quelques-uns, plus impatients, ou plus pressés, se lèvent déjà. Dans le micro, une voix masculine annonce la gare Saint-Charles.

Nous débouchons sur le parvis qu'une bise tiède balaie. La température est significativement plus agréable qu'à Paris. Adèle a déjà dégainé son portable et activé le GPS. Elle m'indique la direction. Je lui emboîte le pas sans quitter des yeux son jean qui met ses fesses en valeur sous un court blouson de daim. Au bout de quelques minutes, nous débouchons en haut de La Canebière, large artère qui file vers la mer. Au loin, sous un ciel éclatant, on devine le Vieux-Port. Ce lieu évoque pour moi, sans grande originalité, la trilogie de Pagnol. Des « quatre tiers » et des « embolidres »... Des reflux d'enfance qui me fendent le cœur.

Lorsque je suis enfant, les films sont programmés un été sur deux et ma mère ne manque jamais une diffusion. Joachim et moi n'en perdons pas une miette, nos têtes reposant sur ses bras potelés, tandis que mon père, soi-disant insensible à ces histoires de bonnes femmes, fait semblant d'être absorbé par son journal. Comme j'en veux à Marius d'abandonner Fanny, puis, plus âgé, comme je déteste César, Panisse, et leurs sordides arrangements !

Nous dépassons une église ou une cathédrale, je ne sais pas. Un panneau interdit de s'approcher des murs en raison des risques de chute de pierres.

Jean-Baptiste Rémond loge dans une rue perpendiculaire à La Canebière. Sourcils froncés, Adèle guette les plaques. La troisième est la bonne. Toute droite, bordée d'immeubles anciens de quatre ou cinq étages, elle s'étire sur une centaine de mètres. Une épicerie fait le coin et une pute défraîchie tapine sans conviction. Nous croisons un touriste perdu traînant une valise à roulettes. Quelques pots aux plantes anémiques tentent d'égayer les trottoirs. J'ai soudain le pressentiment que nous ne verrons de Marseille que cette rue étroite qu'un soleil têtu empêche de nommer coupe-gorge. Adèle vérifie pour la dixième fois le numéro sur son portable avant de s'immobiliser devant une porte qui a connu des jours meilleurs. Je lève les yeux. C'est un vieil immeuble de guingois au crépi en lambeaux, muni d'un Digicode, mais sans interphone. Adèle me lance déjà un regard alarmé. Je la rassure ; les codes n'ont jamais arrêté personne. Nous attendons quelques minutes. La vieille prostituée a déguerpi non sans m'avoir jeté un regard assassin. C'est fou comme les putes ont un sixième sens pour repérer les poulets. Enfin, un jeune homme, cheveux longs et étui de guitare en bandoulière, se pointe et compose le code. Il nous laisse entrer derrière lui sans sourciller.

Dans le hall, le salpêtre gangrène les murs diffusant une odeur douceâtre de renfermé. Les boîtes aux lettres nous indiquent que

Jean-Baptiste Rémond réside au troisième. Nous empruntons un escalier en colimaçon qui tangue. Rien n'a l'air droit dans ce bâtiment.

Je me suis renseigné sur Jean-Baptiste Rémond. Âgé de cinquante-huit ans, il quitte l'Éducation nationale il y a cinq ans. Dès lors, il vit, chichement, des droits d'auteur qu'il touche sur ses livres pour enfants. La même année, il divorce, sa femme et leurs deux rejetons (plutôt jeunes tous les trois) habitent Cassis.

Sur le palier du troisième, il y a deux portes, sans nom. Adèle me consulte du regard, je hausse les épaules. Elle se dirige d'un pas mécanique vers celle de droite, appuie longuement sur la sonnette. Jean-Baptiste Rémond est écrivain ; la probabilité qu'il soit chez lui à onze heures du matin me semble correcte.

Nous attendons. J'entends la respiration d'Adèle, petite et superficielle dans l'air raréfié de la cage d'escalier, puis des pas lourds qui traversent l'appartement.

Le battant s'ouvre sur un homme d'1,85 m à la carrure imposante. Adèle le salue et demande confirmation sur son identité. L'homme opine en fronçant les sourcils. Entièrement chauve, il porte un T-shirt informe, un jean délavé sur des pieds nus qui, loin de le fragiliser, apportent une touche supplémentaire d'animalité à son allure. Derrière des lunettes sans monture apparente, ses yeux bleus, curieusement bridés, naviguent d'Adèle à moi avec méfiance.

Je ne me rappelle pas ce colosse chauve. Jean-Baptiste Rémond, qui n'a jamais été mon maître, ne s'est pas imprimé dans ma mémoire. Je ne me souviens pas non plus de son irruption dans la classe, de sa tentative désespérée de réanimer sa maîtresse, alors que je revois avec une précision cinématographique, mon bras levé et Marie qui s'effondre au ralenti sur l'estrade en bois.

Ma compagne se présente. Jean-Baptiste Rémond semble accuser le coup. Ses paupières se plissent un peu plus, sa bouche s'entrouvre sans parvenir à expirer.

– J'aimerais parler avec vous quelques instants de ma mère. Cela ne sera pas long...

– Je n'ai pas répondu à vos mails...

L'ancien instituteur s'est repris. Il parle d'une voix calme et posée, une voix qui n'appelle aucune contestation.

– Parce que je n'avais pas envie de vous voir. Je vous prierai donc de repartir d'où vous venez et de ne plus m'importuner.

La porte claque sur le visage déconfit d'Adèle.

Je déteste qu'on parle ainsi aux femmes, et encore plus lorsque c'est ma petite amie. D'une main ferme, je l'écarte et me mets à sonner tout en tambourinant. Au bout de deux minutes, les pas étouffés retentissent à nouveau, la porte s'entrebâille. D'une poussée de l'épaule, je l'envoie valdinguer contre le mur. Le fracas fait trembler tout l'édifice. Stupéfait, Jean-Baptiste recule d'un pas. Trop tard, je l'ai saisi par son T-shirt qui ne pourra pas se déformer davantage, tandis que ma chaussure écrase son pied gauche. Le colosse grimace de douleur. De ma main libre, je sors ma carte tricolore et la lui fourre sous le nez.

– La dame est venue de loin pour vous poser des questions, alors vous allez l'écouter et répondre bien gentiment. Okay ?

Dans un rictus, le chauve acquiesce. Je le lâche et me retourne vers une Adèle, un peu pâlotte. Je m'efface pour la laisser pénétrer dans l'appartement. Nous suivons Jean-Baptiste jusqu'à un minuscule salon dont l'unique fenêtre donne sur la rue aux putes.

Il prend place sur une chaise et, repliant sa jambe, masse son pied douloureux. Adèle s'assied sur un canapé défoncé recouvert d'un plaid écossais râpeux. Je reste debout appuyé dans l'encadrement de la porte, mon blouson de cuir juste assez ouvert pour laisser entrevoir mon holster.

Contre toute attente, c'est lui qui attaque, bras croisés sur sa poitrine musclée.

– Vous ne lui ressemblez pas.

– Je ressemble à mon père, s'excuse Adèle.

Jean-Baptiste lève un sourcil circonspect, puis ricane franchement.

– Ce n'est pas dirigé contre vous, mais… c'est une période douloureuse de ma vie, j'aimerais qu'on fasse vite. Qu'est-ce que vous voulez savoir ?

– C'est une période douloureuse pour moi aussi, objecte la jeune femme.

Je me redresse contre le chambranle.

– J'ai l'impression que vous n'avez pas très bien compris, monsieur Rémond. On vous a demandé votre coopération gentiment, vous avez refusé. Maintenant, ce n'est plus vous qui avez la main.

Jean-Baptiste me considère un instant, puis pivote vers Adèle :

– Je ne comprends pas, qu'est-ce que la police vient faire là-dedans ? Dans votre mail, vous parliez de recherches personnelles. Il y a eu une enquête à l'époque, et elle a été bouclée, non ?

– Manuel est juste un ami…

L'homme me jette un coup d'œil méprisant.

– Je vois. Sa présence n'a rien d'officiel. Je peux donc appeler le commissariat et leur raconter qu'un policier est entré illégalement chez moi et me menace.

Il fait mine de se lever ; c'est à mon tour de ricaner.

– Faites, je vous en prie, les collègues vont adorer.

Il me fusille du regard tandis qu'Adèle insiste :

– Monsieur Rémond, ma mère est morte dans vos bras, c'est très important pour moi de vous entendre.

Jean-Baptiste se carre contre le dossier de sa chaise et croise ses avant-bras développés – muscu – dans une attitude résignée. Je ne sais plus quel humoriste disait que la musculation était au sport ce que la masturbation est à l'amour…

– Très bien, qu'est-ce que vous voulez savoir ?

Adèle s'essuie les paumes sur son jean.

– Vous connaissiez ma mère depuis longtemps ?

– Depuis un an et demi. Depuis mon arrivée à l'école Jacques-Prévert.

– Le jour du… drame… qu'est-ce que vous avez vu ?

J'ai lu son PV ; il ne sait rien, pourtant, mes muscles se raidissent comme du bois.

– Je n'ai vraiment pas envie de revivre ça. Je n'en vois pas l'intérêt vraiment, c'est morbide...

– S'il vous plaît.

Le chauve me jette un regard à la dérobée et soupire.

– Bon. Ma classe était juste à côté de celle de Marie. J'ai entendu le coup de feu, les cris des enfants. J'ai tout de suite compris qu'il se passait quelque chose de très grave. Je suis sorti dans le couloir en courant, juste au moment où un enfant sortait de la classe de Marie en criant, ce cri je m'en souviens comme si c'était hier, il criait « on a tiré sur la maîtresse ! » Je suis entré dans la classe, et Marie était allongée sur le sol. Du sang jaillissait de sa poitrine. J'avais suivi des cours de secouriste, je savais faire un bouche-à-bouche et un massage cardiaque, mais... je ne savais pas quoi faire lorsque le sang sortait du cœur comme ça... Alors, je l'ai prise dans mes bras et je lui ai dit que ça allait aller...

Le timbre de l'homme, d'abord fort, s'est amenuisé progressivement, comme un feu recouvert qui s'éteint. Suspendus à ses lèvres, les yeux d'Adèle sont démesurément agrandis. Sa peau, déjà pâle, semble de craie. Sa voix tremble lorsqu'elle questionne :

– Elle était consciente ?

Jean-Baptiste hoche la tête, ou plutôt, c'est comme si sa tête devenait trop lourde et tombait toute seule.

– Comme vous l'avez dit, elle est morte dans mes bras.

– Est-ce... Est-ce qu'elle a eu le temps de dire un mot avant de mourir ?

– Elle a juste dit « Jean-Baptiste ».

Adèle fronce les sourcils.

– Votre prénom... C'est votre prénom, ses derniers mots ?

Cette réponse semble la décevoir. À nouveau, la tête de l'ancien instituteur s'incline sur sa poitrine. Ses muscles tendus jouent sous la peau de ses avant-bras.

– Sans doute parce que vous étiez là, et qu'elle vous a reconnu, fait Adèle comme pour elle-même.

Je voudrais que tout s'arrête là, que la femme que j'aime se lève et dise « merci, c'est fini » et que nous reprenions le TGV pour Paris. Mais Jean-Baptiste Rémond décide de parler. De blesser la femme que j'aime et que je suis incapable de protéger. Il relève brusquement une figure où brille un air de défi.

– Non, elle a dit « Jean-Baptiste » parce que nous nous aimions.

Adèle le dévisage comme si elle s'apercevait soudain qu'elle converse avec une personne dénuée de raison.

– Qu'est-ce que vous racontez ? Vous vous aimiez ? Ma mère était mariée. C'est mon père qu'elle aimait.

– Nous avions une liaison. Marie m'aimait, elle allait partir avec moi, ce n'était qu'une question de jours.

Adèle se lève d'un bond.

– Vous mentez !

– Vous vouliez que je vous parle de Marie ? Je vais vous parler de Marie. Rasseyez-vous !

Frémissante de rage, Adèle obtempère. Jean-Baptiste reprend :

– J'avais quelques années de moins, mais je suis tout de suite tombé amoureux de Marie. Elle n'était pas seulement belle, elle était délicieuse. Elle avait...

Il marque une pause, considérant Adèle :

– Tout ce que visiblement, vous n'avez pas hérité d'elle : la grâce, la gaieté, la générosité...

Je serre les poings, crevant d'envie d'amocher ce malotru.

– Elle était très malheureuse dans son mariage...

– C'est faux ! s'insurge Adèle.

– Qu'en savez-vous ?

– J'étais là !

– Vous étiez bien trop jeune pour comprendre. Votre mère détestait son mari, la séduire n'a pas été difficile. Elle était décidée à divorcer. J'avais demandé, et obtenu ma mutation à Marseille. Marie devait me suivre, nous avions trouvé une école privée qui était ravie de l'embaucher...

– Et moi ?

– Bien sûr, Marie ne voulait pas partir sans vous, mais son mari ne voyait pas ça du même œil. Peu avant sa mort, ils ont eu une violente dispute à votre sujet. Vous vous en souvenez ?

Adèle secoue la tête.

– Vous voyez, vous étiez bien trop jeune pour avoir des souvenirs fiables. Philippe Moineau était odieux avec sa femme. De nos jours, on parlerait de pervers narcissique.

– Je pense que je connais mieux mon père que vous, tacle sèchement Adèle. De toute façon, lorsque les gens divorcent, c'est un juge qui fixe le domicile de l'enfant.

– Exactement, et c'est bien ce que craignait Philippe.

– Pourquoi ?

Le visage de Jean-Baptiste affiche une expression narquoise.

– Il ne vous a rien dit ? Non, visiblement, vous ne savez pas... Je dois avouer que garder ainsi le secret plus de vingt-cinq ans, ça force le respect...

Unique spectateur, je sens venir le cataclysme, l'ouragan qu'Adèle a déclenché par son opiniâtreté. Ce n'est qu'un souffle, mais il va enfler, grandir, l'emporter comme une maison de paille, et il n'y aura que mon bras pour la retenir. S'il est assez fort.

– Cessez de parler par énigmes ! s'énerve-t-elle.

– Pourquoi craignait-il le juge ? C'est ça que vous voulez savoir ?

Rémond ménage ses effets. Je retiens ma respiration. Sa liaison avec Marie, je la connaissais, mais l'homme ne va pas en rester là. Je l'ai sous-estimé. C'est un pistolet à double détente.

– Oui, on en était là.

– Mais parce qu'il n'avait aucun droit sur vous.

– Aucun droit sur moi ?

Lèvres pincées, visage sévère, Adèle a presque crié. Jean-Baptiste la regarde sans aménité.

– Il ne vous a vraiment rien dit sur vos origines ?

Adèle le fixe sans répondre. Un bref instant de répit avant que le gouffre, qu'en bonne chercheuse elle a ouvert sous ses pieds, ne l'engloutisse.

– Votre père n'est pas votre père. Philippe Moineau est stérile.

– Vous racontez n'importe quoi !

– Je le tiens de Marie elle-même.

– Qui est mon père alors ?

– Ça, elle ne me l'a pas dit.

– Mon père a eu deux filles avec sa nouvelle femme.

– L'insémination artificielle, ce n'est pas que pour les vaches.

– Très élégant ! Tout ça n'est qu'un tissu de mensonges ! Vous essayez de vous venger de mon père à travers moi. Vous êtes un homme aigri et méchant !

Adèle court, s'enfuit. Je dévale l'escalier derrière elle. Nous débouchons sous l'incongru soleil de Marseille. Elle titube comme une femme ivre, trébuche, s'affaisse dans mes bras.

Elle lève vers moi un visage décomposé.

– Tu le savais ?

– Seulement pour leur liaison… mais ce n'était pas à moi de te le dire.

Contre ma poitrine, elle frissonne malgré la douceur de l'air.

– Alors, c'est vrai… Et le reste ? C'est vrai aussi ?

– Je ne sais pas. Il faut que tu parles avec ton père, Adèle.

Elle se dégage. Marche comme un automate sur les pavés inégaux. Secoue négativement la tête lorsque je lui propose de s'asseoir, de descendre vers le Vieux-Port et grignoter quelque chose avant de repartir. D'humer l'air marin. Ça lui ferait du bien. Mais Adèle secoue la tête obstinément. Elle veut rentrer à Paris. Tout de suite.

Dans le TGV du retour, elle sort enfin de son mutisme.

– Ma mère trompait mon père… Comme moi en fait. Je trompe Emeric avec toi.

– Non, ce n'est pas la même chose.

– Si. Ce salaud de Rémond a tout faux, je tiens d'elle, on est deux gourgandines, s'esclaffe-t-elle d'un rire sans joie.

Un instant, elle contemple la plaine du Beaujolais qui défile en accéléré avant de poursuivre sans me regarder :

– Mes parents que je croyais si soudés... Toute ma vie s'est construite sur une vaste supercherie...

– Avant de prendre tout ce qu'a dit Rémond pour argent comptant, tu dois parler à ton père, Adèle.

– Tu as entendu Rémond : ce n'est pas mon père.

– Bien sûr que si. Ce sera toujours ton père, quel que soit l'ADN qu'il t'a transmis ou non. Si tu as le moindre doute, tu peux demander un test génétique.

La possibilité d'une preuve scientifique semble un temps la rasséréner. Elle s'abîme à nouveau dans la contemplation du paysage. Avant de questionner dans un souffle :

– Mais si mon père n'est pas mon père ? Qui suis-je ?

Le reste du voyage, je demeure, moi aussi, songeur. Jean-Baptiste Rémond a-t-il tout inventé ? Quoi qu'elle en dise, Adèle ne ressemble pas à son père. Si Philippe Moineau ne se montre pas coopératif, mais, à ce stade ce ne serait pas très malin, un simple test génétique lèvera le doute.

Autre questionnement : Rémond n'a pas mentionné la grossesse débutante de Marie. Peut-être ignorait-il ce détail. Qui restera enterré.

Adèle

Ma mère a vingt-trois ans lorsqu'elle rencontre mon père. Elle commence tout juste à enseigner, il termine son doctorat d'histoire. Ils sont issus du même milieu, les classes populaires devenues moyennes grâce à la méritocratie de l'école républicaine. Ils n'ont encore jamais eu d'histoire d'amour sérieuse.

Ils font connaissance, de façon peu originale, à l'anniversaire d'une amie commune, un 4 juillet 1977. La fête se déroule dans un jardin de Verrières-le-Buisson. On passe Supertramp et les Bee Gees, on grille des merguez qu'on mange assis dans l'herbe en tachant les jeans pattes d'eph. Un chien moche zigzague dans l'assemblée en quémandant. Plus tard, il vomira un paquet de saucisses sur les pieds d'un convive. On n'a pas encore d'enfants dans les jambes. C'est le temps de l'insouciance malgré les fins de mois difficiles.

Qui fait le premier pas ? Mon père est-il séduit par l'esprit brillant de cette belle blonde ? Marie tend-elle une oreille admirative aux beaux discours dont cet érudit n'est jamais avare ?

Ce n'est pas un coup de foudre, plutôt une proximité intellectuelle qui va jeter les bases d'une relation plus intime.

Donc, ils se revoient, sortent ensemble, s'apprécient. Écument les cinémas d'art et d'essai du Quartier latin. S'embrassent maladroitement dans le noir. Un soir de septembre, dans la chambre de bonne de mon père, ils se découvrent charnellement compatibles.

Ils emménagent ensemble. Un studio à Vanves. Passent des vacances en Grèce et en Italie. Rêvent du Mexique. Trop loin, trop cher.

Trois ans plus tard, ils se marient. Une jolie fête. Tous nos vœux de bonheur.

L'année suivante, ils achètent, à crédit sur vingt ans, le pavillon de Bagneux. Il n'y a toujours aucun nuage à l'horizon.

Deux ans plus tard, ils décident d'avoir un enfant. Et là, tout se complique.

La voix de mon père est âpre et hachée, avec un débit rapide qui ne lui est pas habituel. Debout derrière moi, il parle depuis dix minutes. Depuis que je me suis assise au bord de la falaise. Quatre-vingts mètres de vide sous mes pieds. Une roche friable sous mes fesses.

Une nouvelle fois, mon père m'exhorte à reculer de quelques mètres. S'aventurer au bord des falaises est excessivement dangereux. Les éboulements mortels sont monnaie courante en pays de Caux.

Je préviens à nouveau mon père, je ne partirai pas tant qu'il ne m'aura pas raconté toute l'histoire. En soupirant, il s'approche avec prudence. Comme un Minotaure vaincu, il s'assoit à côté de moi, et décrète que je suis folle.

À quelques minutes des abords d'Étretat, la foule se raréfie, dégageant des zones propices à la sieste, ou aux confidences. D'ici, la vue est magnifique. Un soleil généreux irise une mer turquoise dans laquelle plongent les arches élégantes. Des criques secrètes de sable gris s'enfoncent à petits pas de baigneuses timides dans l'eau fraîche. En leur sommet, les falaises de craie sont recouvertes d'une herbe d'un vert phosphorescent, drue comme une moquette.

– Au bout d'un an, ta mère n'était toujours pas enceinte. Nous avons décidé de faire des examens. Elle d'abord. Tout semblait normal. Puis moi. Le verdict est tombé : azoospermie. Je ne t'apprends rien, cela signifie que je ne fabrique pas de spermatozoïdes. Je n'avais aucune chance de devenir père un jour. Je pense que je me serais fait à la chose, mais pour Marie avoir un enfant était devenu une obsession. Elle voulait avoir recours à l'insémination artificielle. J'étais résolument contre. L'idée de la semence d'un autre dans le corps de ma femme m'était insupportable. J'ai proposé l'adoption, mais Marie voulait être enceinte. À tout prix. Même si cela risquait de briser notre couple.

Mon père laisse un moment son regard accompagner des kayaks multicolores qui longent la côte avant de poursuivre :

– Je me rends compte combien mon attitude était égoïste, comme si j'avais voulu la punir d'être fertile quand je ne l'étais pas... Mais, c'est ainsi, on n'agit pas toujours de façon rationnelle dans la vie. La situation s'enlisait, chacun campant sur sa position. Et puis, un jour, ta mère m'a annoncé qu'elle était enceinte. Je suis entré dans une fureur titanesque. Elle m'avait trahie, elle s'était fait inséminer sans mon accord.

Mon père arrache une petite touffe d'herbe.

– Mais la trahison était bien pire que je l'imaginais. Marie n'avait pas eu recours à un centre d'insémination... *Un ami l'avait fait pour lui rendre service,* me révéla-t-elle. À partir de cet instant, la jalousie est entrée dans mon cœur et n'a eu de cesse de le dévorer. J'ai harcelé Marie nuit et jour, j'ai suspecté toutes nos connaissances, le voisin et même le facteur. J'ai fait de la grossesse de Marie un enfer.

Je scrute le profil de mon père. Sous les traits lourds, la crinière blanche que je connais, je découvre un homme inconnu, rongé par ses passions.

– Et puis, tu es née. Oh, je ne t'ai pas aimée tout de suite. Au début, je cherchais une ressemblance. Un détail qui dévoilerait ton père biologique, et puis... on ne résiste pas à un bébé. Je me suis autorisé à t'aimer, et je n'ai plus arrêté, tu le sais, Adèle, je t'aime plus que ma vie. Mais, avec Marie, ça n'a jamais été comme avant. J'étais devenu amer, suspicieux. Pourtant, je ne songeais pas à divorcer, et je ne pensais pas qu'elle partirait non plus. Je la rendais entièrement responsable de la situation. Elle devait porter sa croix, et sa croix c'était moi avec mon cœur bouffé par le ressentiment. Alors, ce soir terrible où elle m'a annoncé qu'elle partait, cela a été comme un coup de tonnerre. Lorsqu'elle a dit qu'elle t'emmenait, c'est comme si elle avait voulu m'arracher une jambe. J'ai dit qu'il n'en était pas question. Nous avons eu une violente dispute, et ce qui devait arriver arriva. Alors que Marie n'avait jamais eu recours à cet argument malgré nos nombreux accrochages, elle m'a jeté à la figure que je n'avais aucun droit sur toi puisque je n'étais pas ton vrai père. Je l'ai giflée. Marie s'est enfermée dans la salle de bains. Le lendemain, je ne l'ai pas vue partir. Quelques heures plus tard, elle était morte, et si tu savais comme je l'ai souhaitée, cette mort !

Je l'interromps d'une voix enrouée.

– Où étais-je ?

– À la maison. Après que ta mère se soit enfermée, je t'ai couchée dans ta chambre.

– Je n'en ai aucun souvenir.

– Tu avais à peine cinq ans.

– J'ai... j'ai toujours pensé que vous vous adoriez.

– D'où sortais-tu ça, Adèle ?

Je hausse les épaules.

– Tous les enfants espèrent que leurs parents s'aiment et restent ensemble, extrapole Philippe. Après la mort de Marie, j'étais terrorisé. Terrorisé que ton père biologique vienne te réclamer. J'ai coupé tous les ponts avec mon ancienne vie. J'ai même songé déménager à l'autre bout de la France, mais on m'a offert ce poste à La Sorbonne. Mon rêve professionnel, je n'ai pas eu le courage de refuser. Nous sommes restés à Bagneux.

– Angeline et Charline ?

– Elles sont issues d'inséminations artificielles. Je n'ai pas voulu répéter avec Eva la même erreur qu'avec ta mère. Pour ce que ça a servi… Peut-être aussi que j'avais vieilli et que j'aimais Eva d'un amour moins brûlant et moins exclusif.

– Mes sœurs connaissent la vérité sur leur conception ?

– Oui, Eva a voulu qu'on leur dise quand Angeline a atteint ses quinze ans.

– Et elles sont au courant, pour moi ?

Mon père hésite.

– C'est possible qu'Eva leur ait raconté.

– J'étais donc la seule dans l'ignorance ! Comment as-tu pu me traiter ainsi ?

– Parce que tu étais celle à qui je tenais le plus !

Un vertige me saisit. Je porte les mains à mon ventre en proie à de brutales douleurs. Les mots rebondissent sous mon crâne comme des balles de flipper.

Le mariage de mes parents : un naufrage. Ma conception : le coup de main d'un ami ! Mon père bien-aimé : un usurpateur. Mes sœurs : de totales étrangères. Toute ma vie, tout mon être n'est qu'une vaste supercherie ! La tête me tourne. Mon père me saisit à l'épaule.

– Je t'en prie, supplie-t-il, Adèle, ma fille, lève-toi, partons d'ici. Allons retrouver Manuel.

Manuel. Oui, Manuel. Ma nausée reflue. Manuel. Voilà le cap, le phare dans cette tourmente qui s'abat sur moi.

Refusant l'aide de Philippe, je m'arrache à la falaise.

Sans échanger un mot de plus, nous descendons le sentier jusqu'à la plage. Nous croisons des familles et des groupes de touristes japonais venus admirer l'aiguille creuse chère à Maurice Leblanc. En bas, Manuel est attablé à la terrasse de café où nous l'avons laissé. Il a seulement chaussé ses lunettes de soleil et commandé une pression. Des personnes ont envahi la grève, enlevé leurs habits et bronzent au soleil normand. Certaines, plus hardis, se trempent. Des enfants joyeux font la queue au marchand de glaces italiennes. J'ai envie de vomir.

À notre arrivée, Manuel se lève. Son T-shirt bleu clair fait ressortir sa peau hâlée et sa musculature. Il ouvre ses bras ; je m'y love et enfouis ma tête au creux de son épaule. Celui qui fut longtemps mon roc est resté en retrait, comme un vieux lion banni. Je presse mon nez contre le cou de mon amant, me grise de son odeur rassurante.

– Manuel, ramène-moi. Vite.

*

Manuel n'insiste pas trop. Je claque la portière.

Le code, la porte, l'ascenseur, la clef dans la serrure. Comme d'habitude, comme si j'étais encore la même.

La fille de Philippe et Marie qui s'aimaient d'amour tendre jusqu'à ce que la mort les sépare.

Je pose mon trousseau sur la console, n'allume pas la lumière. Comparé au fracas de l'autoroute, le silence de l'appartement désert est comme une plongée en eau profonde après le vacarme des vagues. Reposante et angoissante.

Machinalement, je consulte mon iPhone. J'ai un nouveau message. Il s'agit d'Anaïs Pasquier, elle me donne son accord pour une rencontre quand je veux. Je hausse les épaules, éteins mon portable. Hier encore, cette nouvelle m'aurait ravie. Aujourd'hui, elle m'indiffère. J'ai assez fouillé dans le passé. Le passé est une poubelle nauséabonde, un sac à détritus fermentés qui explose au contact de l'air.

Je me dirige directement vers la salle de bains. Dans la lumière jaune, j'ouvre l'armoire à pharmacie et déniche une boîte de somnifères. Je veux dormir. Au moins pour douze heures oublier toute cette merde. J'avale un comprimé, un peu d'eau au robinet.

Les bras le long du corps comme une gisante, je m'allonge tout habillée sur la couette. *Ma vie fout le camp. Mon père, cet inconnu.* Je suis secouée d'un petit rire. Dans la pénombre de la chambre, des formules me traversent l'esprit. *Mon père biologique...*

Et si tout était de ma faute ? N'ai-je pas été une gourde de première pour ne pas deviner ce que tout le monde savait ? Pour ne pas relever les indices ?

J'ai toujours expliqué le comportement de mon père à l'aune d'un postulat erroné : mes parents s'adoraient. La mort de ma mère l'a dévasté. J'ai vu en lui un veuf éploré alors qu'il s'agissait d'un individu en fuite. Sa politique de la terre brûlée, c'était pour se protéger, pas pour oublier Marie.

La chimie commence à faire effet ; mon cœur se serre à l'évocation de cet inconnu se croyant traqué. Par qui, bon Dieu ? Qui voudrait récupérer une gamine de cinq ans seulement parce que la moitié de son patrimoine génétique provient d'organes qu'il a généreusement prêtés quelques minutes à une amie en mal d'enfant ?

Pauvre Philippe...

Pauvre Marie...

Être le fruit d'un tel gâchis...

J'essaie de composer dans mon imagination une nouvelle image de ma mère. Exit l'épouse adulée. Voici la nouvelle Marie, triste, harcelée, prête à suivre le premier mâle intéressé pour fuir l'enfer conjugal.

Mollement, je secoue la tête sur l'oreiller. Non, ce n'est pas l'image que je veux garder de la mère dont je n'ai pas de souvenir. Mentalement, je recompose les yeux bleus rieurs, les cheveux dorés, le doux sourire. Je ne recompose pas de mémoire, mais d'après une photo que mon père a épargnée. Un de ces clichés que l'on prend à la chaîne dans les écoles, avec des poses sages et un fond en dessins d'enfants.

Mais, j'ai du mal. La mise au point ne se fait pas. Malgré mes efforts, ma mère demeure floue. Je m'accroche, résistant aux molécules qui embrument mon cerveau et effacent Marie.

Au moment où je bascule dans le sommeil, la figure de Marie s'étiole tout à fait, laissant place à celle d'un démon ricanant.

Celle, haineuse et grimaçante, de Jean-Baptiste Rémond.

Manuel

La fin d'après-midi est calme au commissariat. Entre deux tasses de café et le classement de dossiers en retard, Julien me montre, sur son smartphone, des photos de sa fille de trois mois. Elle possède déjà une collection de pyjamas de vraie fashionista. Régulièrement, je consulte l'écran du mien. Pas de nouvelles d'Adèle. Je respecte son besoin de solitude. Pour l'instant.

Vers 18 heures, je décide de filer. J'aurais le temps de rendre visite à Joaquim, mais je n'en ai pas le courage, je ne supporte plus son regard d'enterré vivant, ni les inepties de ma mère qui s'est mis en tête de lui lire la Bible, version longue. J'opte pour le dojo. Me défouler me fera du bien.

Alors que je sors du commissariat, un type assez grand se dirige droit sur moi. Assez embarrassé, je reconnais Emeric Lemeur. Je n'ai guère envie d'une confrontation avec le mari jaloux juste devant mon lieu de travail. Lemeur se plante en face de moi.

– Je ne me présente pas, lance-t-il sarcastique.

– Qu'est-ce que vous voulez ?

– Rassurez-vous, je ne vais pas vous mettre mon poing dans la gueule, même si j'en ai très envie.

Là, c'est moi qui émets un ricanement. Lemeur poursuit :

– Tout ça va beaucoup trop vite. Je crois que nous devons discuter. Pour le bien d'Adèle.

– Discuter ? Je n'ai rien à vous dire. Adèle est avec moi maintenant. Elle ne vous aime plus. Le divorce est en route. Soyez beau joueur et retournez à Boulogne chez papa et maman.

J'ai tout juste le temps de bloquer son bras qui s'apprête à m'envoyer une droite mollassonne. Tout en le plaquant contre le mur du commissariat, je lui fais une clef dans le dos. Sans avoir eu le temps de dire ouf, mon agresseur se retrouve face contre la pierre rugueuse, un bras replié dans le dos, mon second poing enfoncé dans les reins.

– Arrêtez, gémit-il. Vous me cassez le bras !

D'un geste du menton, je rassure le planton de service qui me demande si j'ai besoin de son aide.

– Aïe. Vous êtes fou, lâchez-moi ! glapit Lemeur, abandonnant toute dignité.

– Qui vous a mis au courant pour Adèle et moi ?

– Je le sais, c'est tout.

De ma main libre, j'appuie sur son crâne ; sa tempe s'incruste dans la pierre.

– Ça te dirait un beau tatouage maori version mur ?

– Arrêtez ! Mon beau-père, halète Lemeur. Mon beau-père, c'est lui qui me l'a dit.

Merci, beau-papa. Je desserre mon emprise.

– Maintenant, Adèle est avec moi, va falloir vous y faire et cesser ce genre de connerie qui pourrait vous coûter cher. On se comprend ?

– Oui, gémit le toubib.

– Vous allez gentiment divorcer, et si j'apprends que vous avez touché à un cheveu d'Adèle, ou même que vous lui avez manqué de respect, je reviens vous faire une petite visite du côté de Convention. Vos patients vont adorer, votre belle gueule aussi.

Je fais un pas en arrière. Emeric se retourne. Il époussette son costard. Sa joue droite est tout égratignée, ses lunettes de guingois. Je reste sur mes gardes. Le mari jaloux est vindicatif. Comme un coq de combat, il revient à l'attaque malgré un adversaire supérieur. Mais Emeric n'est pas si courageux ; il préfère blesser avec les mots :

– Vous avez profité de la faiblesse d'Adèle pour la séduire, ce n'est pas joli-joli.

– Casse-toi, Lemeur.

– Elle ne vous aurait même pas regardé si vous n'aviez pas détenu des informations sur la mort de sa mère ! Vous n'êtes qu'un petit flic. Je ne lui donne pas trois mois pour se lasser de vous !

– Comme mon QI, ma patience est très limitée. Merci d'en tenir compte avant de m'insulter.

Emeric me lance un regard méprisant avant de faire demi-tour. Son scooter est garé quelques mètres plus loin.

Je dégaine mon portable et compose le numéro d'Adèle. C'est sa voix sur le répondeur qui m'accueille. Je laisse un bref message lui demandant de me rappeler.

D'ordinaire, deux heures d'entraînement au dojo me laissent le muscle relâché et l'esprit vidé. Pas ce soir. Adèle n'a pas rappelé. Je clique à nouveau sur son numéro. Une sonnerie. Répondeur. Je change de tactique et lui envoie un texto. L'inquiétude commence à infuser dans mon cerveau.

Lorsque je sors de ma douche, mon téléphone n'indique aucun message. Ce n'est pas normal. En général, Adèle est réactive.

Dans un japonais qui jouxte le dojo, j'avale quelques sushis, un œil sur mon écran. Rien. Je commence à imaginer le pire. Emeric Lemeur avait l'air bien remonté, aurait-il rendu visite à sa future ex-femme avant de me faire sa gentille surprise ? Je suis bien placé pour savoir ce qu'une femme risque au moment d'une rupture. Les morgues et les hôpitaux regorgent d'épouses ou petites amies qui ont cru qu'elles étaient libres.

Vingt minutes plus tard, je suis en bas de l'immeuble d'Adèle.

Ses fenêtres sont éclairées. J'essaie de rappeler. Sans plus de succès.

Perplexe, je fronce les sourcils. Depuis un moment, un mauvais pressentiment m'a attrapé à la gorge et ne veut plus me lâcher, comme un pitbull teigneux.

Je tape le code et grimpe au septième.

Au second coup de sonnette, la porte s'ouvre, aussitôt bloquée par la chaîne.

Pâle, les yeux rougis, mais intact, le visage d'Adèle s'encadre dans l'entrebâillement.

– Adèle, c'est moi, ouvre ! Qu'est-ce qui se passe ?

– Va-t'en, Manuel.

Sa voix n'est qu'un souffle, mon nom, dans sa bouche, un marigot nauséabond.

– Qu'est-ce qui se passe, c'est Emeric ? Il t'a fait du mal ?

– Non, ce n'est pas Emeric. Va-t'en. Je ne veux plus te voir.

Je la dévisage sans comprendre.

– Quoi ?

– C'est fini, Manuel. Tu ne peux rien y faire.

C'est le ton net et sans appel du médecin. Mon pouls s'accélère tandis qu'une bouffée de rage me submerge !

– Ouvre Adèle !

Je hurle à présent. Un voisin sort sur le palier, un homme d'une soixantaine d'années, bedonnant et dégarni. Le prototype du Français moyen. Je brandis ma carte. L'homme rentre chez lui en s'excusant. J'implore :

– Ouvre-moi, Adèle, juste un instant.

– Non, c'est inutile, va-t'en, c'est fini. Nous deux, c'est fini.

Je suffoque. C'est comme si un poignard s'enfonçait dans mon cœur. Dans un sursaut vital, le plat de ma paume s'abat sur le battant.

– Ouvre où j'enfonce cette porte ! Tu sais que je peux le faire !

– Je sais que tu peux le faire, mais ça ne changera rien. Va-t'en, je t'en prie.

– Pas sans une explication. Ouvre !

Adèle secoue la tête. Je prends mon élan, la chaîne vole en éclats.

Elle s'est réfugiée dans le salon, dos à la fenêtre et sa vue à couper le souffle sur Paris endormi. La respiration courte, je fais quelques pas vers elle, pas trop, comme pour ne pas effaroucher un animal sauvage.

– Tu vas m'expliquer ?

Adèle noue ses bras autour de sa poitrine. Elle porte une longue chemise blanche qui lui sert pour dormir et dévoile ses jambes fuselées. Pâle et raide comme une statue.

– Puisque tu y tiens.

Des lèvres tant chéries tombe alors ma condamnation.

– Aujourd'hui, j'ai vu Anaïs Pasquier.

Mes jambes flanchent. Je m'écroule sur le canapé, prends ma tête à deux mains.

– Elle m'a tout raconté.

Et Adèle raconte à son tour.

Elles se donnent rendez-vous dans un bistro près du travail d'Anaïs. Adèle arrive la première, se place de manière à surveiller l'entrée et commande un expresso. Anaïs paraît. C'est toujours une belle femme, restée mince en dépit de ses trois grossesses. Blonde, cheveux au carré, grosses boucles d'oreilles, veste cintrée sur un jean brut et des boots. BCBG mais pas trop.

Les deux femmes se saluent. Anaïs lui dit qu'elle ne ressemble pas à sa mère. Adèle ne répond pas qu'elle tient de son père.

Enveloppées dans le léger brouhaha du café, elles parlent de tout et de rien, comme pour retarder l'inéluctable. Anaïs commande un jus d'abricot, comme dans *La Délicatesse,* explique-t-elle. Mon Adèle sourit, elle l'a lu aussi, et en a aimé le charme aérien.

Puis Anaïs devient grave. Oui, elle est d'accord pour raconter à Adèle ses souvenirs de *ce jour-là*. Peut-être même que ça lui fera du bien, que ça la soulagera, comme un secret trop longtemps caché.

Alors Anaïs raconte.

Le coup de feu. La maîtresse qui tombe. La main qui lâche le revolver. Les cris. Le commissariat où elle a si peur…

Adèle écoute. Cette histoire, la même que les autres, la même que dans le journal, ne l'émeut plus. C'est comme un film trop regardé, il laisse les yeux secs.

Elle attend qu'Anaïs termine pour l'interroger : pourquoi Ladji a-t-il fait ça ? Pourquoi a-t-il tiré sur la maîtresse ? Anaïs écarquille ses yeux bleus smoky où brille une lueur fugace de perfidie qu'Adèle ne voit pas. Ladji ? Mais ce n'est pas Ladji qui a tiré. Adèle sursaute. Une voix dissidente. La voix dissidente qu'elle attendait. Qu'elle avait pressentie. À cause des non-dits des PV. À cause du dessin de Camille... Les ongles manucurés d'Anaïs pianotent sur la table. Ce n'est pas Ladji qui a tiré, confirme-t-elle avec fermeté. Adèle a le souffle de plus en plus court. Comme sur la falaise de craie avec son père. Comme si elle allait tomber pour de bon.

Anaïs fronce les sourcils sans cesser de tambouriner. Ce n'est pas Ladji. C'est ce petit Portugais, comment s'appelait-il déjà ? Manuel Ferreira, propose Adèle incrédule. Anaïs opine. C'est ça, ce petit Portugais teigneux, ce caïd de cour de récré qui effrayait les filles et torturait les pigeons, se nommait Manuel Ferreira. C'est impossible, déclare Adèle fermement. Il y avait des traces de poudre sur la peau de Ladji. Elle a eu en main le rapport balistique. Anaïs hausse les épaules. Ils étaient juste à côté, Ladji a pu recevoir de la poudre au moment de la détonation. Est-ce qu'on a fait le test pour Manuel ? Adèle ne sait pas. C'est impossible, répète-t-elle, pourquoi ne pas l'avoir dit à la police, pourquoi avoir laissé Ladji porter le chapeau ? Mais elle l'a fait, s'insurge Anaïs. Et on ne l'a pas crue. Après, elle s'est tue, elle avait trop peur de Manuel.

Adèle a envie de rire. Un rire nerveux et diabolique. Un rire de série B. Ça ne va donc jamais s'arrêter ? Elle a l'impression d'être à bord d'un bobsleigh qui file de plus en plus vite sur une piste qui n'a pas de fin.

Et, en même temps, les nombreux retardements, pour ne pas dire obstructions, de Manuel deviennent limpides... Manuel, le meurtrier de sa mère. Un goût de bile envahit sa bouche. Manuel qui a tout fait pour devenir son amant : un assassin. Un menteur. Un pervers. La tête lui tourne, elle manque d'air. Elle va s'évanouir, mourir peut-être. Oui, mourir serait une option envisageable. Anaïs s'inquiète, lui propose de l'eau.

Non. Merci. Non. Ça va aller.

Tremblante, Adèle rassemble ses affaires. Sa veste en daim, son sac, oublie de payer.

À nouveau, Adèle s'enfuit.

Je relève la tête. Moi, je suis déjà mort et je le sais.

– C'était un accident, un jeu, un jeu avec Ladji. J'avais dix ans, Adèle. J'étais un gosse de dix ans.

Adèle est restée debout, dans cette attitude de statue de sel qui crie « ne me touche pas ».

– Je sais, Manuel, mais tu as tué ma mère, et plus rien n'est possible entre nous.

*

Je n'allume pas. J'accroche mon blouson au portemanteau, dévoilant, fiché dans mon flanc, mon holster qui pend comme une excroissance cancéreuse. Lourdement, je m'assois sur le divan qui me sert de lit. Par la fenêtre, le halo cotonneux d'un réverbère diffuse une lumière poisseuse.

Je sais que j'ai perdu Adèle, pour toujours. Dans mon existence, le vide s'est installé. Deux mains invisibles plongent dans ma cage thoracique et broient mon cœur. Ce n'est plus qu'un bout de viande sanguinolent.

Je me suis encore trompé : Adèle n'était pas ma rédemption, mais mon châtiment.

Je dégaine mon Sig Sauer. De même calibre que le Beretta du frère de Ladji, il est plus court et plus compact, plus léger d'une centaine de grammes.

En douze ans de police, je ne m'en suis servi qu'aux exercices de tir.

Je suis plutôt bon, même si je n'en raffole pas.

La première fois qu'on me l'a déposé entre les mains, j'ai eu comme un étourdissement. Le flash d'un corps qui tombe emmêlé du visage souriant de Ladji. Le pistolet m'a échappé, a heurté le sol avec un son mat. Livide, l'instructeur m'a passé le savon de ma vie.

Ce fut la seule fois. Ce ne sont pas les armes qui tuent, ce sont les gens. Je me suis juré de ne plus jamais tuer.

Je n'ai pas besoin d'une arme pour me sentir puissant. Sauf aujourd'hui. Quand la gueule noire de mon Sig Sauer me fixe, je suis invincible.

Mes doigts caressent les sécurités.

Il est l'heure de renier mon serment.

Adèle

Papa virevolte dans l'appartement en me noyant dans un flot de paroles, promet de réparer ceci, de me prêter cela, de m'emmener voir ceci, écouter cela. Sa faconde a l'exubérance des survivants d'une catastrophe.

Ce matin, il se présente à ma porte, les yeux battus et la crinière emmêlée, comme un chien qui revient de fugue et sait qu'il va se faire engueuler. Mais il revient toujours, le chien, et, toujours, on lui ouvre cette foutue porte, car, au fond du cœur, on l'aime, malgré ses mensonges et ses manigances de clebs roublard.

Mon père veut m'emmener au restaurant pour fêter notre réconciliation. Un resto chic. Et il m'a fait un cadeau. Il me le donnera au dessert. Je lui demande de s'asseoir, de se poser, de cesser son manège de chien fou. Je n'ai pas faim. Je ne veux pas aller au restaurant. D'ailleurs, je ne mange presque rien depuis une semaine.

Mon père s'assied, prends ma main dans la sienne.

– Adèle, ma fille... Je me rends bien compte que tout ça a dû te faire un choc... J'en suis en partie responsable. C'est vrai, j'aurais dû t'en parler plus tôt. Je n'en ai jamais eu le courage. Adèle, ma pauvre petite fille. Je ne suis pas ton père biologique, mais je t'ai toujours considérée comme ma fille, et il en sera toujours ainsi.

Je retire ma main. Je sais que mon père m'aime, à sa façon, théâtrale et égoïste. Je suis plus sa chose que sa fille.

– Bon, de toute façon, il faut quand même que tu manges. Bientôt, on va te voir au travers. Si tu veux, on invite Manuel à se joindre à nous...

Mes tripes se tordent. Mon dos se crispe, attaqué par des centaines d'aiguilles. Je secoue la tête avec la vigueur d'une fillette butée. Mon père fronce les sourcils.

– Manuel n'est plus... d'actualité ?

Mon silence tient lieu d'aveu. Une lueur imperceptible de satisfaction s'allume dans l'œil paternel.

– Et avec Emeric ?

– Rien de nouveau, parviens-je à articuler.

Mon père soupire.

– Tu sais ce que j'en pense... Ce Manuel n'était pas fait pour toi. Emeric... Emeric est encore ton mari. Vous pouvez encore recoller les morceaux.

Mon père a toujours apprécié mon époux. Parce qu'Emeric n'est pas un concurrent sérieux, n'est-ce pas, papa ? Avant Manuel, je n'ai jamais été vraiment amoureuse. Je n'ai jamais éprouvé, comme je ressens aujourd'hui dans ma chair, la douleur du manque.

– Tu connais la chanson : « On a vu souvent rejaillir le feu de l'ancien volcan qu'on croyait trop vieux. »

Je rétorque, amère :

– Avec maman, tu n'as pas vu deux fois ton cœur s'embraser...

Mon père se rembrunit. Je regrette de l'avoir blessé. D'autant que j'ai une question à lui poser, une question délicate pour cet orgueilleux.

– Papa, tu n'as vraiment aucune idée de l'identité de mon père biologique ?

Mon père prend une profonde inspiration.

– Est-ce vraiment important ?

– J'ai un père, c'est toi, mais je ne sais pas d'où je viens.

Il dodeline, mais ses épaules se raidissent, sa poitrine se creuse comme pour mieux se refermer, encore et toujours, sur l'inavouable secret.

– Ta mère n'a jamais rien voulu m'avouer.

– Mais tu m'as dit que tu avais eu des soupçons.

– J'ai soupçonné tellement d'hommes dans ma jalousie paranoïaque que je ne me souviens plus d'aucun.

Est-ce vrai, ou est-ce encore une dérobade paternelle ? Je me renfonce dans le dossier de mon fauteuil en fermant les yeux. Peut-être a-t-il raison, est-ce vraiment important ? J'ai assez remué le marécage du passé. J'ai commencé cette enquête pour aller mieux, et je vais aussi mal que Victor Hugo pleurant Léopoldine.

Et le jour pour moi sera comme la nuit.

– Alors, dit mon père, on se le fait ce resto ?

– Si tu y tiens tant que ça.

– J'appelle Emeric ?

– NON !

Adèle

Le lendemain, à 9 heures, je suis devant l'école Jacques-Prévert.

La gardienne, une matrone d'une cinquantaine d'années, est plus vigilante que la dernière fois et m'alpague alors que je m'apprête à me faufiler dans la cour en même temps que les enfants. Elle me jetterait bien dehors sans autre forme de procès, mais je plaide si bien ma cause qu'elle finit par appeler le directeur, auprès duquel mon nom sert de sésame.

Quelques minutes plus tard, je me tiens dans le couloir, devant le bureau de Patrick Blanco. Je l'examine alors qu'il m'ouvre la porte, affichant un grand sourire. Il a le bon âge, ma corpulence longiligne, mes yeux noirs dont je n'ai jamais su de qui je les tenais. Il connaissait bien ma mère, et l'appréciait...

Il m'invite à m'asseoir et me propose un café. Il est ravi de me revoir si tôt. Je prends place et mon regard tombe sur la photo de son petit-fils. Son aîné est plus âgé que moi, me souviens-je. Patrick Blanco est fertile, lui. Ma mère le savait.

Je préfère attaquer sous un autre angle, qui me tient à cœur également.

– J'ai rencontré Anaïs Pasquier.

– Ah, oui, elle m'a dit qu'elle t'appellerait. Combien de sucres ?

– Un. Elle m'a fait une révélation... troublante.

Patrick dépose la tasse fumante devant moi en fronçant les sourcils.

– C'est-à-dire ?

– Elle dit que ce n'est pas Ladji qui a tiré sur ma mère, mais un autre enfant.

– La police a pourtant conclu sans ambiguïté que Ladji était le coupable.

– D'après quels éléments ?

– D'après mes souvenirs, on a retrouvé le pistolet sur sa table et son frère était connu pour des faits de délinquance avec arme. C'est ce qui a orienté l'enquête dès le départ.

– Ensuite Ladji est mort...

– Oui, lors de son transfert vers le commissariat pour y être interrogé, mais j'imagine que les policiers avaient assez de preuves pour confirmer sa culpabilité. Anaïs ne se souvient peut-être pas très bien...

Cette dernière hypothèse m'a effleurée. Il est possible que la mémoire d'Anaïs lui fasse défaut, ou même, pour une raison que j'ignore, qu'elle mente, mais... Manuel n'a pas nié.

Patrick avale une gorgée de café.

– Les enfants étaient tous très choqués. Anaïs a peut-être « fabriqué » ce souvenir.

Je me souviens du PV d'Alexis, de ses élucubrations sur un vampire présent dans la classe, qui vont dans le sens des propos du directeur.

Mais Manuel n'a pas nié. Pire, il a fait de la rétention d'information pour que je ne remonte pas jusqu'à lui. Et, en guise de témoignage, Camille a dessiné un garçon blanc et non noir. Depuis le commencement, ce détail m'avait mis la puce à l'oreille. Soupçons que Manuel, encore lui, s'est empressé d'étouffer dans l'œuf.

Il n'y a pas de doute possible. Manuel a tiré sur ma mère, et pour cette raison, même s'il avait dix ans à l'époque, je dois le rayer de ma vie.

– De quel enfant s'agit-il d'après elle ?

– Elle dit que c'est Manuel Ferreira.

Patrick prend le temps de la réflexion.

– C'est vrai que ces deux-là s'entendaient comme larrons en foire pour les mauvais coups… Ladji aurait donné son pistolet à Manuel ? Je ne sais pas quoi te dire… Qu'est-ce que tu comptes faire ? Avertir la police ?

Malgré moi, je laisse échapper un ricanement.

– Je ne sais pas encore.

– Il n'y a pas prescription ?

J'approuve d'un mouvement de tête discret tout en terminant mon café. Mon pouls s'accélère sensiblement, ce n'est pas la caféine, mais la question que je m'apprête à poser, je ne sais pas vraiment comment.

– Vous étiez très proche de ma mère, n'est-ce pas ?

– Nous étions plus que des collègues, des amis.

– Jusqu'où est allée cette amitié ?

Patrick Blanco écarquille ses yeux noirs.

– Que veux-tu dire ?

Je me racle la gorge.

– Est-ce qu'il y a eu entre vous quelque chose de plus ?

– Que de l'amitié ? Non ! se récrie-t-il.

– Un service… intime…

Le directeur me tance, comme une gamine récalcitrante :

– Qu'est-ce que c'est que ces sous-entendus, Adèle ? Ta mère et moi étions amis, un point c'est tout.

Je pique un fard, comme une gosse pas si effrontée, et prends congé.

Dehors, l'air est suave comme un bonbon mentholé. La clameur des enfants s'est tue. Studieux, ils planchent sur leurs exercices de grammaire ou d'arithmétique. Je franchis le sas du hall sous le regard soupçonneux de la cerbère en jupons. Dans la rue, une auto aborde au ralenti le dos-d'âne du passage piéton.

Patrick Blanco dit-il la vérité ? A-t-il juré le secret et tient-il sa parole par-delà la mort de Marie ? Ai-je le droit de demander un test de paternité ? En ai-je le désir ? Je soupire. À l'évidence, il va me falloir vivre avec un autre mystère, de nouveaux doutes.

C'est à ce moment précis que mon portable se déchaîne au fond de mon sac. Je mets un temps fou à mettre la main dessus. L'appelant n'est pas un inconnu : Il s'agit de Soizic Pascalin, la sœur de Camille. Je décroche d'un doigt fébrile.

La voix est jeune et enjouée. Elle s'excuse, elle n'a pas rappelé plus tôt ; sa sœur et elle se trouvaient en voyage à l'étranger. La Turquie, un pays magnifique. Elle m'appelle de Roissy où elles viennent de débarquer. Sa sœur adorait madame Moineau, elle serait contente de discuter avec moi. Elle demande où j'habite. J'indique : Clamart, banlieue sud, petite couronne. Elle voit très bien. Le temps de récupérer sa voiture au parking, d'entrer les coordonnées dans le GPS, elles peuvent être chez moi dans une heure. Ça ne fait pas un si gros détour pour rallier Fontainebleau, et puis, ajoute-t-elle en gloussant, elles sont encore en « mode globe-trotteuses ».

Un peu abasourdie, je raccroche et m'engouffre dans la bouche de métro la plus proche. Il me reste une petite heure pour rentrer chez moi et mettre un peu d'ordre.

Les sœurs Pascalin se tiennent côte à côte sur mon canapé, et j'envie leur complicité. Leurs têtes blondes se touchent alors qu'elles observent la photo de classe sur leurs genoux. Soizic a les traits fins et des taches de rousseur, Camille, un petit nez retroussé et de beaux yeux gris. Elle communique avec sa sœur par signes que Soizic traduit. Camille n'est pas à proprement parler muette, mais, malgré les années de rééducation, former des mots intelligibles par des étrangers reste une gageure pour elle.

Elle est comptable dans un Centre d'aide par le travail où Soizic est employée comme éducatrice spécialisée. Elles forment un attelage complémentaire, un couple soudé et asexué. Elles habitent ensemble, travaillent ensemble, voyagent ensemble, sans homme et les tracas qui vont avec, proclame Soizic non sans un brin de fierté. Dans le cocon où l'adversité les a précipitées, elles semblent heureuses.

Soizic, plus jeune d'un an, a fait aussi sa scolarité à l'école Jacques-Prévert. Elle se souvient de ma mère « Tous les enfants voulaient aller dans sa classe. » Camille approuve, lance dans les airs des mots que sa sœur attrape au vol.

– Elle avait appris le langage des signes pour communiquer avec ma sœur et qu'elle puisse suivre un CM1 et un CM2 dans une école normale, traduit Soizic. Camille lui en est éternellement reconnaissante.

Camille me narre par frangine interposée une classe de mer inoubliable, des parties de ballon endiablées, un roman qu'ils avaient écrit tous ensemble et que Marie avait imprimé et relié ; elle le garde encore à la maison. Elle se souvient du dernier poème *Demain dès l'aube* tracé de la jolie écriture de Marie sur le tableau.

Les mains de Camille ondulent.

– Elle est tellement triste pour vous. C'est horrible de perdre sa mère si jeune.

Les larmes me montent aux yeux. C'est la première fois qu'un témoin me fait part de sa compassion. Pour faire diversion, je sors de l'enveloppe le dessin de Camille. Celui du personnage rose avec le pistolet. Celui du commissariat.

Le visage de Camille se fige, elle saisit la feuille d'une main tremblante.

– Co... Co...

Elle se tourne vers Soizic. Ses doigts pianotent dans l'air.

– Comment vous êtes-vous procurée ce dessin ?

– Par un ami policier. Vous vous en souvenez ?

Camille opine vigoureusement. Elle pointe le personnage au sol, du rouge s'échappant de sa poitrine.

– Ma mère.

Camille approuve, serre ses mains sur son cœur.

– C'était si effrayant, interprète Soizic d'une voix bouleversée. Le moment le plus horrible de toute mon existence.

L'émotion passe de l'une à l'autre comme une transfusion en temps réel, et je comprends l'étrange symbiose entre les deux sœurs : à force de traduire, Soizic ne fait plus qu'un avec Camille.

– J'étais terrorisée, et, en même temps, je ne pouvais plus bouger. Ensuite, le directeur est arrivé. On nous a rassemblés dans la cantine. Et puis, des policiers sont venus nous chercher. Il y avait une dame blonde gentille, c'est elle qui m'a donné les feutres pour que je dessine.

Je me penche, montre le grand personnage à la peau rose brandissant l'arme.

– Et là, qui avez-vous représenté ? Qui tire sur la maîtresse ?

Malgré moi, il me reste un infime espoir. L'espérance folle du cancéreux : une erreur de diagnostic, une inversion de dossier. Tout sauf ce crabe dans mon cœur.

Camille se mord la lèvre. Elle fixe sa sœur, indécise. Soizic écarquille les yeux. Pour la première fois, elles ne se comprennent pas. Soudain, les prunelles grises s'éclairent, Camille attrape la photo de classe. Son doigt hésite, cherche, s'abat entre Ladji et Manuel. Mon cœur, au supplice, s'est arrêté de battre. Je maudis son imprécision. Est-ce qu'elle est aussi handicapée des doigts ?

– Qui ? Ladji ou Manuel ?

J'ai crié. Camille sursaute, considère son index, rectifie la position. Mon cœur bondit dans ma poitrine.

– C'est Ladji qui a tiré ? fais-je dans un souffle.

Camille acquiesce.

– Tout le monde sait ça, fait remarquer Soizic, surprise.

Tout le monde sauf Anaïs et Alexis. Sauf Manuel.

– Vous l'avez vu ?

– De mes yeux vu. Je ne l'oublierai jamais.

Sur la photo de classe, Camille est une rangée sur la droite et un peu en arrière de Ladji. Même concentrée sur le tableau, l'enfant était dans son champ de vision. Une vue imprenable.

– Dans ce cas, je balbutie, pourquoi avez-vous dessiné l'assassin avec un feutre rose et non noir ?

Les doigts de la jeune femme tracent des arabesques devant son visage outré.

– Parce qu'il n'y avait pas de feutre marron au commissariat. Et noir, c'était trop foncé. Personne n'est noir comme du charbon.

Un ricanement de folle s'échappe de ma gorge. J'ai commis une bavure à cause d'un raisonnement d'enfant... et d'un faux témoignage. À cause d'un foutu feutre manquant ! Je me ressaisis et demande :

– J'ai... j'ai rencontré une autre fille de la classe. Anaïs Pasquier. Elle dit que c'est Manuel Ferreira qui a tiré.

Camille fronce ses sourcils et son joli nez, secoue vigoureusement la tête.

– C'est Ladji.

– Alors, pourquoi... pourquoi dit-elle ça ?

Deux doigts en avant, la jeune femme mime le glissement fourbe d'un serpent.

– Anaïs est une vipère menteuse.

Les révélations de Camille me font l'effet d'un seau de glaçons déversés sur les épaules. Mes muscles se crispent, ma respiration se bloque. Je suis anéantie ; sur la foi d'un mensonge, j'ai brisé ma seule histoire d'amour. J'ai douté de Manuel qui, lui, me soutenait. Je suis une idiote doublée d'une inhumaine. Les deux sœurs m'observent avec anxiété. Mon cerveau réfléchit à toute allure. Le sang y afflue de toutes parts, c'est une forge incandescente. Comment réparer ce gâchis ? Je me lève, brûlante à présent.

– Il... il faut que j'aille quelque part.

De conserve, les sœurs hochent le menton. J'attrape mon blouson, les jette presque dehors.

Lorsque j'arrive au commissariat, il est midi. Je me dirige vers la policière en uniforme derrière le comptoir. À mon deuxième bonjour, elle daigne quitter du regard l'écran de son ordinateur.

– Est-ce que Manuel Ferreira est là ?

Elle pose enfin ses yeux sur moi. Deux prunelles très bleues, et très vides. Je répète :

– Je viens voir Manuel Ferreira.

Toujours le vide sidéral.

– Je suis son... amie.

– Vous êtes son amie et vous venez voir Manuel, récapitule la flicesse comme pour s'en convaincre.

J'approuve, elle me considère avec suspicion puis extirpe son gros derrière de son fauteuil, contourne le comptoir, et, sans un mot, disparaît dans le couloir qui fuit vers l'arrière. Quelques minutes plus tard, elle réapparaît flanquée d'un brun légèrement bedonnant, en civil, et qui me tend une main moite.

– Je suis Julien, un collègue de Manuel. Vous êtes Adèle ?

J'acquiesce.

– Manuel n'est pas là ?

Julien pince les lèvres, visiblement gêné. L'idée que Manuel ait donné des consignes pour me refouler m'effleure. Je ne vais pas me laisser démonter par un stratagème digne d'un collégien.

– J'ai absolument besoin de lui parler, c'est important.

– Ça ne va pas être possible dans l'immédiat.

– Je resterai là le temps qu'il faudra.

Déjà, mettant ma menace à exécution, je cherche un siège des yeux.

– Adèle... Vous n'êtes pas au courant ?

Je me retourne vers Julien. Son visage n'a pas la fermeté insensible du vigile. C'est la gravité du porteur de mauvaises nouvelles qu'on lit sur ses traits encore juvéniles. Mon cœur s'affole. Je balbutie :

– Au courant de quoi ?

Julien m'entraîne vers la petite salle vitrée où je me suis entretenue avec Manuel la semaine dernière. Il referme la porte avec soin, baisse les stores.

– Au courant de quoi ?

– Il y a eu un problème avec Manuel. Asseyez-vous, Adèle.

Docile, je m'exécute, d'ailleurs mes jambes flageolantes ne demandent que ça.

– Quel problème ? Où est-il ?

– Il n'est pas là.

– Il est malade ? Je veux lui parler.

– C'est impossible.

À nouveau, un froid sibérien m'envahit, comme si le blizzard s'engouffrait dans mes artères. J'imagine, une opération qui tourne mal, des coups de feu, Manuel baignant dans son sang sur le trottoir, le Samu qui arrive trop tard. Julien saisit une chaise par le dossier et s'installe en face de moi. Nos genoux se touchent presque. Il évite mon regard tandis que je cherche sur sa figure la réponse à mes questions.

– Pourquoi est-ce impossible ?

– Adèle, vous ne pouvez pas parler à Manuel parce que…

Julien cherche ses mots comme s'il s'exprimait dans une langue étrangère.

– Parce qu'il est en détention.

Surprise mais soulagée, je me cale contre mon dossier.

– En détention ?

– En détention provisoire. En prison.

– J'avais compris, mais pourquoi ?

– Manuel a tué un homme.

Mes yeux s'écarquillent.

– Pendant son service ?

Julien secoue la tête et plante enfin son regard dans le mien, comme s'il voulait, de ses étranges prunelles vertes pailletées d'or, exorciser l'indicible.

– Manuel a tué son frère d'une balle dans la tête.

Je demeure silencieuse un long moment. Dans mon esprit, l'incompréhension se mêle à l'effroi. Julien sort et me rapporte un verre d'eau que j'avale d'un trait.

Je demande, d'une voix tremblante, s'il s'agit de son frère, l'entrepreneur. Julien réplique que Manuel n'a qu'un frère et me raconte l'histoire de Joaquim, les circonstances du drame.

Je découvre, abasourdie, la vraie vie de Manuel.

Julien m'apporte un second verre d'eau, s'excuse de n'avoir rien de plus fort à me proposer. Il pense que son collègue ne va pas rester longtemps en préventive, mais qu'ensuite il y aura un procès. Il ne sait pas si Manuel sera autorisé à retravailler dans la police. Et, non, je ne peux pas lui rendre visite.

Je sors du commissariat, dévastée. Ravagée par la détresse de Manuel, cette détresse qu'il cachait et que, obnubilée par ma propre histoire, je n'ai su deviner.

Les paroles de Julien tournent en boucle dans ma tête. Le diagnostic sans appel, les médecins hautains, le calvaire de Joaquim. Les ferments du drame.

Le film effrayant se déroule sous mes yeux : la chambre d'hôpital, comme j'en ai vu des centaines pendant mon internat. Les machines. Le corps immobile à jamais. Manuel qui entre. Personne ne fait attention à lui, il vient si souvent. Il approche du lit. Observe-t-il longtemps ce visage impavide, si semblable au sien, ou, au contraire dégaine-t-il immédiatement son arme, ce pistolet, que j'ai tenu entre mes doigts ? Sa main tremble-t-elle ou est-elle sûre comme ses caresses ? Murmure-t-il quelques mots avant de plaquer le canon sur la tempe de son frère tétraplégique et de presser la détente ?

Mes larmes brouillent les images. Je ne parviens plus à faire la mise au point sur le visage de Manuel.

Dans quel état d'esprit est-on avant d'achever son frère ? À quel degré du désespoir ? À quel stade de la souffrance ?

Je suffoque, m'assieds au bord du trottoir. Les passants pensent que j'ai bu. C'est vrai, je suis ivre. Ivre de douleur. Ivre de colère aussi, contre moi, l'hôpital, les médecins qui n'ont rien vu venir.

Je vomis dans le caniveau un flot de haine et de mépris.

Adèle

Quelques jours plus tard, je trouve dans ma boîte aux lettres une enveloppe non timbrée avec pour seule indication « Pour Adèle » écrit au stylo-bille. La calligraphie m'est inconnue. Je la décachette et fais glisser son contenu dans ma paume : une clef USB. Dans l'ascenseur, je tourne et retourne cette dernière entre mes doigts ; elle ne contient aucune inscription.

Dans l'appartement, j'allume mon ordi et pars me faire chauffer une tasse de thé. Lorsque je reviens, mon mug fumant à la main, le bureau s'affiche. Une photo de ski de mes dernières vacances avec Emeric. Il faut que je change ça. Je glisse la clef USB dans une prise, double-clique. Elle ne contient qu'un seul fichier : une vidéo.

La première image, figée, montre un homme brun assis sur une chaise, le visage baissé. Il est vêtu d'un T-shirt blanc et d'un jean. Ses avant-bras reposent sur ses cuisses. Derrière lui, on devine une pièce aux murs blancs et au mobilier spartiate.

Des barreaux balafrent l'unique fenêtre.

Manuel relève la tête. Ses yeux bruns me fixent un instant. Mon cœur bat un peu plus fort.

– Adèle. Julien m'a dit que tu étais passée au commissariat.

D'un geste, il désigne la chambre.

– Tu vois, je suis bien traité, cellule VIP individuelle. J'ai même des chiottes et Canal +.

Il se fend d'un faible sourire. Je le trouve inchangé. On pourrait imaginer qu'il a simplement pris quelques jours de vacances dans un club un peu spécial.

– Tu as vu Julien, tu sais pourquoi je suis là. J'ai tué un homme...

Ma main se crispe sur la souris. Pas n'importe quel homme.

– Mais ce n'est pas la première fois, Adèle, car j'ai aussi tué ta mère.

Manuel

Au commencement, Adèle, il y a deux gamins idiots livrés à eux-mêmes, des gamins d'immigrés qui bossent dix heures par jour, et un flingue qui n'aurait jamais dû tomber entre leurs mains.

Ladji arrive à l'école Jacques-Prévert à la rentrée 1988. Il est intrépide et hâbleur. Il brandit sa peau et sa nationalité comme un étendard. Je l'aime tout de suite.

J'ai dix ans, mes parents décident que je peux rentrer seul à la maison à 16 h 30. Ils économisent le prix de l'étude.

Je ne rentre pas à la maison. Je traîne dans la cité avec Ladji.

On est loin d'être des anges. On choure des bonbecs à la boulangerie, on fume, on shoote dans les bagnoles avec un vieux ballon en cuir, on suit les filles dans la rue et on soulève leur jupe… Des conneries de gamins laissés à eux-mêmes.

Quand il pleut, on va chez Ladji. Il n'y a jamais personne. Sa mère trime, son frère trafique avec ses potes, son père a mis les bouts depuis longtemps. On regarde la télé en mangeant des chips piquées à l'épicerie. « Au nom de la loi » avec Steve McQueen. J'adore son flegme. Et sa carabine à canon scié. Ladji trouve qu'il n'y a pas assez de Noirs dans cette série.

Un jour Ladji, très excité, m'annonce qu'il a quelque chose à me montrer. Arrivé chez lui, on va direct dans la piaule qu'il partage avec Moussa, son frère aîné. Il soulève le matelas du lit de son frangin. Des paquets de cannabis sont éparpillés sur le sommier, mais ça, on est habitués. Non, ce qui nous coupe le souffle, c'est le Beretta. Luisant et noir. Un diamant brut dans son écrin de shit. Presque aussi beau que la Winchester de Josh.

On n'a jamais vu d'arme en vrai, seulement à la télé. Ladji laisse doucement retomber la couche.

Chaque après-midi, on charge le matelas sur nos frêles épaules et on contemple le Beretta. On met plusieurs jours avant d'oser le toucher. J'ai une peur bleue que Moussa nous surprenne. Le frère de Ladji, souvent défoncé, m'effraie. Cette façon de planer, d'être là sans l'être vraiment, ses yeux hallucinés, déroutent le gosse que je suis. Une ou deux fois, il nous fait faire le guet pendant qu'il deale. Je n'aime pas ça. Je pressens, du haut de mes dix ans, que je gravis un échelon. Ce n'est plus du chapardage. Je change de catégorie. Moi, je veux être Josh Randall. Josh Randall ne guette pas pour les voleurs de chevaux, il les attrape par le froc et les jette en cellule. Lorsque je suis avec Ladji, je fais tout pour qu'on évite son frère.

Mais le flingue, c'est autre chose... Le Beretta me fascine.

Un jeu s'installe entre Ladji et moi. C'est à qui le touchera en premier, puis le glissera dans sa ceinture, le pointera sur la poitrine imberbe de l'autre... On imite les acteurs dans les films, on invente des scénarios. Je m'entraîne à dégainer aussi vite que McQueen.

Quand je pense aux acrobaties que nous avons réalisées avec ce flingue dans la petite chambre de Ladji, j'en frémis.

Mon copain dit que Moussa le laisse tirer sur des canettes, la nuit dans les caves. Je ne le crois pas. Je ne crois pas qu'on puisse tirer dans les caves sans ameuter tout le voisinage. Et pourquoi Moussa ferait ça ? Il ne s'occupe pas de Ladji, sauf lorsqu'il s'agit de lui faire faire certaines courses pour son commerce illicite.

Une nuit, je reste dormir chez lui. On est couchés tête-bêche dans son lit. Moussa débarque. Il fait noir, mais je vois quand même ses yeux de junkie qui brillent dans l'obscurité. Il secoue Ladji et chuchote que, si ça lui dit un petit entraînement, c'est maintenant.

Le Beretta miroite dans son poing noir. Ladji se lève, frotte ses yeux pleins de sommeil. Il essaye de me réveiller, me secoue, mais pas trop fort pour ne pas réveiller sa mère. Je fais le mort. Mon corps dodeline comme un sac sous ses paumes. J'ai trop peur de Moussa, et des caves. Ils sortent de l'appartement. Dans le noir, je tends l'oreille ; je perçois des détonations étouffées, comme un orage au loin.

Ladji se plante au milieu de la chambre, le Beretta au bout de ses longs doigts. Il en impose, il a de l'allure, un Josh Randall d'ébène. C'est bien beau tout ça, déclare-t-il, mais un pistolet, ça sert pas à jouer, ça sert à tuer. Je ne suis pas tout à fait d'accord, je pense que ça peut seulement faire peur. On réfléchit quand même à qui mérite de mourir. Josh Randall ne tue que des méchants. À vrai dire, le seul méchant que je connaisse, c'est Moussa. Mais on ne peut pas tuer le frère de Ladji. On tombe vite d'accord sur Alexis le cafard. Alexis le cafard est une erreur de la nature, et on fera une bonne action en l'éliminant de cette planète. Avec le Beretta, on va tuer Alexis le cafard. C'est décidé. Quoi de plus facile ? Ladji l'assure, *il en est cap'*. Ce cafard ne se défendra même pas. Il suffit de l'attirer dans la cité, ou, mieux, d'apporter le Beretta à l'école. Et de le dégommer. Dans les caves, Ladji ne rate plus jamais sa cible. Je rentre chez moi et j'oublie nos intentions de meurtre. Pour moi, c'est toujours le jeu. Je sais bien, que, pour de vrai, *je n'en suis pas cap'*.

Maintenant, c'est le 28 mars 1989. Un élève, je ne sais plus qui, a écrit la date au tableau. Dans l'après-midi, ta mère nous lit le poème de Victor Hugo. La classe écoute en silence. Quand elle a terminé, elle nous contemple tous, les yeux brillants. Je comprends qu'elle vient de nous faire un cadeau, un très beau cadeau.

Elle se lève et, de sa jolie écriture de maîtresse, commence à écrire les vers au tableau.

Sur ma droite, Ladji se penche sur son cartable. Lorsqu'il se redresse, son poing brandi lance des éclats. Incrédule, je plisse les paupières. Ses doigts, noirs et noueux comme des sarments brûlés, serrent la crosse brillante du Beretta.

Le temps que je réalise, il est trop tard.

Le canon pointé sur la nuque d'Alexis, Ladji presse la détente.

Un réflexe propulse mon bras.

Ma paume percute l'épaule anguleuse de Ladji.

Et dévie le tir.

Dans la collection Rouergue noir

Tove Alsterdal
Dans le silence enterré, 2015

Morgan Audic
Trop de morts au pays des merveilles, 2016

Juan Bas
Vade retro Dimitri, 2013

Kelly Braffet
Sauve-toi !, 2015

Jean-Paul Chaumeil
Ground Zero, 2015

Peter Guttridge
Promenade du crime, 2012
Le Dernier Roi de Brighton, 2013
Abandonnés de Dieu, 2014
Des hommes dépourvus de sentiments, 2016

Peter May
Scène de crime virtuelle, 2013
L'Île du serment, 2014 (Trophée 813 du meilleur roman étranger 2015)
Les Fugueurs de Glasgow, 2015
Les Disparus du phare, 2016

Trilogie écossaise
La Trilogie écossaise (édition intégrale), 2014
L'Île des chasseurs d'oiseaux, 2010 (Prix Cézam des lecteurs 2011)
L'Homme de Lewis, 2011 (Prix des lecteurs du Télégramme 2012)
Le Braconnier du lac perdu, 2012
(Prix Polar International du festival de Cognac 2012)

Série chinoise
La Série chinoise I (édition intégrale), 2015
La Série chinoise II (édition intégrale), 2016
Meurtres à Pékin, 2005
Le Quatrième sacrifice, 2006
Les Disparues de Shanghai, 2006
Cadavres chinois à Houston, 2007
Jeux mortels à Pékin, 2007
L'Éventreur de Pékin, 2008

Colin Niel
Les Hamacs de carton, 2012 (Prix Ancres noires 2014)
Ce qui reste en forêt, 2013 (Prix Sang pour Sang Polar 2014,
Prix des lecteurs de l'Armitière 2014)
Obia, 2015 (Prix des lecteurs Quais du Polar/20 Minutes 2016,
Prix Polar Michel Lebrun 2016, Prix Mille et une Feuilles noires du festival
de Lamballe 2016, Prix des lecteurs Villeneuve-lez-Avignon 2016,
Prix du Récit de l'Ailleurs Saint-Pierre-et-Miquelon 2016)
Seules les bêtes, 2017

David Patsouris
Cognac blues, 2013
Ainsi débute la chasse, 2017

Pascal Vatinel
L'Affaire du cuisinier chinois, 2007
Les Larmes du phénix, 2010
Parce que le sang n'oublie pas, 2011
Environnement mortel, 2012

Élisa Vix
La Nuit de l'accident, 2012 (Prix Anguille sous roche 2012)
L'Hexamètre de Quintilien, 2014
Ubac, 2016

Série Thierry Sauvage
Rosa mortalis, 2013
Le Massacre des faux-bourdons, 2015 (Prix Plume d'encre et de sang 2015)

Alain Van Der Eecken
De si vieux ennemis, 2016

Dan Waddell
Code 1879, 2011 (Prix Cézam des lecteurs 2012)
Depuis le temps de vos pères, 2012
La Moisson des innocents, 2014

Richard Zimler
La Sentinelle de Lisbonne, 2016

Ouvrage réalisé par Cédric Cailhol Infographiste

Reproduit et achevé d'imprimer en juillet 2017
par l'imprimerie France Quercy (Mercuès)
Dépôt légal : septembre 2017 – Numéro d'impression : 70454
ISBN : 978-2-8126-1438-5

Imprimé en France